親父の十手が重すぎて

親子十手捕物帳②

小杉健治

時代小説文庫

角川春樹事務所

本書は時代小説文庫（ハルキ文庫）の書き下ろし作品です。

目次

第一章　川開き

一

今日は川開きの日だ。

辰吉《たつきち》は岡《おか》っ引《び》きの忠次《ちゅうじ》と共に両国広小路《りょうごくひろこうじ》まで見廻《みまわ》りにやって来た。花火が上がるまではまだあるが、すでにかなりの人出だ。

辰吉は人の群れの中に、掏摸《すり》の銀二《ぎんじ》を見つけ、

「親分、あいつ」

と、囁《ささや》いた。

銀二は茶店から出てきた商家の旦那《だんな》にわざとぶつかっていった。

「辰吉、奴《やつ》を追え。俺《おれ》はあの旦那に確かめてくる」

忠次が言った。

「へい」

辰吉は十九歳で一月ほど前に忠次の手下になったばかりだ。色白で、目元が涼しく、きりりとした顔をしている。

通りの両脇《りょうわき》には芝居小屋、水茶屋、茶店が並び、道の真ん中にも、てんぷら、蕎麦《そば》、水菓子などの屋台が出ていた。今日は川開きだから、いつも以上に人が出ていて思うように前に進めない。

それでも、辰吉はだんだん銀二に迫っていった。

しかし、銀二はこっちに気が付いたらしく、浴衣の裾《すそ》をつまんで、腰を沈めながら早歩きをした。

銀二は巧みに人を搔《か》き分けて両国橋に向かって行く。

「辰、やっぱり財布はなかった」

忠次が追い付いてきた。白細縞《しろほそじま》の小千谷縮《おぢやちぢみ》の裾を取って、紺の絣角帯《かすりかくおび》に差し込んでいる。

辰吉も同じような格好で尻端折《しりはしょ》りしている。

両国橋はさらに人が多い。それまでに何としてでも捕まえなければ……。

辰吉は人を思い切り搔き分けて、銀二に迫った。

「何しやんでえ」

職人風の男が叫んだ。

銀二は後ろを振り返った。

目と目が合った。

役者のような端整な顔に余裕の笑みを浮かべているが、切れ長の目が獲物を狙《ねら》うように鋭かった。

次の瞬間、銀二の姿が見えなくなった。

「てめえなんだこの野郎！」

という罵声《ばせい》や、

「何するの！」

という女の甲高い声が前方から聞こえてきた。

銀二は強引に人を掻き分けて逃げて、両国橋を渡り始めた。

辰吉は銀二の姿を見失ったが、それでも両国橋の真ん中まで追いかけた。

しかし、銀二を見つけることは出来なかった。

「逃げられたか」

忠次が悔しそうに言った。

「あとちょっとだったのに……」

辰吉は嘆いた。

「仕方がない、引き上げよう」

ふたりは踵《きびす》を返したが、両国広小路の方からもどんどん人が寄せてくる。

星明かりで、人の顔はぼんやり見える。

小さな女の子を肩車した男が後ろから押されている。額には汗が光っていた。

「花火はまだ？」

女の子がじれったそうに言っていた。

橋の下から三味線《しゃみせん》や太鼓の音が聞こえてきた。

大川《おおかわ》を見ると、提灯《ちょうちん》の灯《あか》りが水面《みなも》に揺れて、屋形船や屋根船が所狭しと浮かんでいて、船を伝って岸から岸へ渡れるようだった。

騒ぎは派手な屋形船からだった。舟宿の屋号が書かれた提灯と共に、『萬屋《よろずや》』と書かれた幟《のぼり》がはためいていた。屋根の上で船頭四人が棹《さお》を操っていた。開いた障子《しょうじ》からは小太りの商家の旦那風の中年男が数人の芸者を侍《はべ》らせていた。さらに頬《ほ》っ被《かぶ》りをして、尻端折りした芸人たちが踊っていた。

その旦那のことをやっかむように口々に橋の上から言葉をなげかけている男たちがいた。

辰吉が橋を下りたとき、夜空がピカッと光った。

すぐに轟音《ごうおん》が聞こえてきた。

「鍵屋《かぎや》！」

という声が、歓声と共に方々から掛かった。

やっと花火が打ち上げられた。

暗い夜空に手を伸ばせば届きそうな大輪が一瞬の輝きを放って消えては、また新しい花火が打ち上げられた。

「行くぞ」

「へい」

辰吉は名残惜しそうに忠次の後を追った。

また花火が打ち上げられて、一瞬辺りが明るくなった。夜空に牡丹《ぼたん》が開いたような花火が散っていった。

ふと、妹の凜《りん》が少し先に見えた。辰吉より二つ下である。

「お前もここに来てたのか」

辰吉が近づいて声をかけた。

「師匠も一緒よ」

「なに、師匠も？」

花火がまた打ち上がった。

三味線の師匠の杵屋小鈴《きねやこすず》がはっきり見えた。

いつもきっちりとした装いの小鈴だが、珍しく浴衣の襟元が緩んでいた。辰吉は思わず胸元に目がいったが、すぐに小鈴は襟を正した。

「師匠、こんな日なのに、お誘いはなかったんですか？　たくさん声がかかっているでしょう」

辰吉がきいた。

「酔っ払いの男たちの相手なんかしないわよ」

男嫌いの小鈴が突っぱねるように言った。こういうはっきりした性格でも、一枚絵にもなるような切れ長の目の美人だから、何人もの男が弟子にしてくれと頼みに来てるのだが、そのたびに断り、女弟子しかいない。辰吉も冗談で弟子にしてくれと言ったが、体よく断られてしまった。

「兄さんはひとり？」

凛がきいた。

「親分と見廻りだ」

「親分はどこ？」

「え？」

隣を見ると忠次はいない。

少し先に忠次が行っていた。

「凜、またな」

辰吉は慌てて声をかけ、小鈴にも会釈をして人を搔き分けて進んだ。

「親分、ちょっと待って下さい」

辰吉は声を上げた。

しかし、喧騒《けんそう》にもみ消されて、忠次には届いていないようだ。

急いだが、人が多すぎて思うように進めない。他にも人を搔き分けて進む者もいて、ごった返していた。

辰吉は肩をすぼめて突っ切ろうとしたとき、後ろから強く体を押されて前につんのめった。

勢いあまって、思わず手が前に伸びた。

次の瞬間、女の帯を摑《つか》んでいた。樺《かば》色をした麻織の八寸帯である。浴衣は白地に紺色で鉄線の花の柄が描かれていた。

その時、新たな花火が上がり、女の顔がはっきり見えた。

ぱっちりとした大きな目に、吸い込まれてしまいそうだった。

「すみません」

辰吉は謝った。

「いいえ」

と、女は艶《つや》っぽく答えた。歳《とし》は三十くらいで垢《あか》ぬけているが、どこかの裕福な商家のおかみさんなのか落ち着いた雰囲気だった。

辰吉は女を横目で見ていると、一瞬輝いた大円が散った。

轟音が鳴り響く。

辰吉は目を再びその女に移した。

女の隣には四十後半の肩幅の広い、どっしりと構えた、紅紫色の浴衣が似合う男がいた。女は男に寄り添っていた。

男は女を気にする風でもなく、夜空を見上げていた。

辰吉は花火よりも、その女が気になった。

「おーい、辰」

忠次が手を挙げた。

「すぐ行きます！」

忠次は「すみません」と声をかけながら、人を思い切り掻き分けて両国橋を下りた。

辰吉はもみくちゃにされながら、何とか忠次の元にたどり着いた。

花火は一段と高く上がって、ぱあっと花開き、散り散りになった。「わあ」という今までで一番の歓声が聞こえた。

花火が終わってからだいぶ経《た》った。辰吉と忠次は再び両国橋に戻ってきた。橋の上は人が疎《まば》らになっていた。大川に目を移すと、多くの船が舟宿に向かって引き上げていた。それでも残っている船も目についた。

一艘《そう》のおんぼろの小さな屋根船が『萬屋』と書かれた大きな幟と提灯を立てている屋形船にぶつかった。

「あの舟、危ないですね」

辰吉は顔をしかめた。

「前にも、舟がぶつかって船頭同士が喧嘩《けんか》したことがあった」

忠次も心配そうに見た。

「聞いたことあります。五年くらい前の川開きの時ですよね。あの時は怪我人《けがにん》も出たんでしたっけ」

「そうだ。あれは本所一つ目《ほんじょひとつめ》の太之助《たのすけ》が始末したんだが」

忠次は顔をしかめた。

「本所一つ目の太之助親分?」

「お前知らなかったか。太之助は俺と同じ年くらいの男だ。強いものにはへいこらするくせに、弱い者いじめをする質《たち》の悪い野郎だ」

忠次は言い捨てた。

もう一度屋根船を見てみると、まだ屋形船と衝突したままだ。屋根船に乗っている者は何をやっているのか、屋形船の船頭が棹で必死に押しのけていた。

辰吉たちは橋の真ん中あたりから引き返した。

両国広小路はまだごった返していた。屋台や見世物小屋がまだ開いている。花火の見物客がここに留《とど》まっているようであった。

吉川町《よしかわちょう》と米沢町《よねざわちょう》の間の大通りを抜け、左に折れて横山町《よこやまちょう》の方に入り、そのまま真っすぐ進んだ。龍閑川《りゅうかんがわ》にかかる緑橋《みどりばし》を渡って通油町《とおりあぶらちょう》に着いた。

通油町の表通りにも人が出ていて、縁台で団扇《うちわ》を扇《あお》ぎながら涼んでいる女たちの姿があった。

「銀二は何とか出来ないんですかね」

「また今度、銀二が掏《す》るのを待つしかねえな」

忠次も悔しそうに言った。

辰吉はずっと銀二のことを考えていた。財布を掏り取ったときに捕まえなければ、あとで財布を持っている銀二を見つけたとしても、「これは拾っただけなんです」と、言い逃れされてしまい、それ以上は追及できない。

「あれから一月経つけど、辰五郎《たつごろう》親分とはどうだ？」

忠次が辰吉に顔を向けるわけでもなく言った。辰吉の父辰五郎は南町奉行所定町《みなみまちぶぎょうしょじょうまち》廻《まわ》り同心赤塚新左衛門《あかつかしんざえもん》の父から手札を貰《もら》って岡っ引きをしていた。しかし、五年前に隠居して、後を手下だった忠次に託した。辰吉は辰五郎と仲違《なかたが》いして三年間家を出ていたが、一月前にあることをきっかけに辰五郎と和解した。

「仲良くやっています。今まで会っていなかった分、少しは顔を見せてやろうと、三日に一度くらいは親父《おやじ》のところに顔を出しています」

辰吉は礼を言った。

ふたりは大伝馬町《おおでんまちょう》に入った。

いくつか大きな料理茶屋があって、夜が更けても賑《にぎ》わっていた。

「畜生、やりやがったな」

突然、『近江屋《おうみや》』という紙問屋の路地から罵声のようなものが聞こえて来た。

「おい、行ってみよう」

忠次が駆け出して、路地を入った。

辰吉も付いて行くと、路地の奥で商家の手代風の二十五、六の目尻《めじり》の吊《つ》り上がった男と、職人風でいかつい顔の若いふたりが摑み合っていた。

どちらも血気盛んであった。

「やめるんだ！」

忠次が声をかけた。

三人の動きが、ぱっと止まった。

辰吉と忠次は三人を挟み込んだ。

「何をしている」

忠次は三人を見渡してきいた。

「ただ話し合っているだけです」

「お前たち怪我しているじゃねえか」

「……」

職人風のふたりは押し黙った。

ひとりが鼻血を流していた。

一方、手代風の男は口元が切れており、血の跡が頰に走っていた。

「とりあえず、自身番に来い」

忠次が言った。

辰吉は職人風のふたりの肩を摑んだ。ひとりは顎《あご》がしゃくれていて、もうひとりは鷲鼻《わしばな》であった。ふたりとも酒臭かった。

それから、大伝馬町一丁目の自身番屋へ入った。

屋根の上に火の見梯子《はしご》が組まれていて、梯子の上の方に半鐘があるという、よくある自身番だ。番屋の前には三つ道具が綺麗《きれい》に立てられていて、さらに水がなみなみ入っている大きな桶《おけ》が置いてあった。

五十過ぎの月番の家主たちに事情を説明して、奥にある板敷の三畳間を使わせてもらった。

すぐに番人が濡《ぬ》れた手ぬぐいを三つ持ってきて、喧嘩をしていた三人に渡した。三人は傷口を濡れた手ぬぐいで軽く押さえていた。

忠次は三人を横に並べて座らせ、

「喧嘩の元はなんだ」

と、鋭い目つきで三人を睨《にら》みつけた。

三人とも、誰《だれ》から話そうか迷っていた。

手代風の男が口を開いた。

「私はこの近くの『近江屋』に勤めています文平《ぶんぺい》と申します。そもそもは、数日前に吉原《よしわら》へ行ったとき、偶然知り合いの男と会って、呑《の》み屋に行きました。そこを出てきたときに、いきなり喧嘩を吹っかけられたんです。その時は周りのひとが止めに入って大したことはなかったのですが、さっきたまたまあそこでこいつらと鉢合わせして、また喧嘩を吹っかけられました」

文平は早口に言った。

「それは違う」

しゃくれた男が口を挟んだ。

「どう違うんだ」

忠次が目を向けた。

「吉原でこいつの方が喧嘩を吹っかけてきて、その仕返しをさっきしただけなんです」

しゃくれが言った。

「私は喧嘩なんか吹っかけていませんよ」

文平は否定した。

「いや、お前の連れが先に仕掛けてきたんだ」

鷲鼻もしゃくれを擁護した。

三人はまた険悪な雰囲気になった。

「待て、待て。吉原での話をまとめよう。その前に、奉公人のくせにお前はなぜ吉原なんかに出掛けていけるんだ。『近江屋』は許してくれるのか」

「実は内緒で朋輩《ほうばい》に頼んで、ちょっと抜け出して……」

文平は気まずそうに言った。

忠次は小さく頷《うなず》き、

「文平ともうひとりの男が吉原の中の呑み屋で呑んでいた。そこにお前らふたりがやって来た。そこまでは合っているか？」

と、きいた。

三人とも頷いている。

「ちなみに、もうひとりの男の名前は？」

忠次が文平を見た。

「新介《しんすけ》です」

「では、新介がこのふたりに喧嘩を吹っかけたのか」

「いえ、そんな奴ではないですが……」

文平は消え入りそうな声で言った。

忠次はしゃくれと鷲鼻を見た。

「お前たちはどうして、文平と新介が喧嘩を吹っかけてきたと思ったんだ」

「あっしらが店を出る時に、後から出たこいつらが肩をぶつけてきたんです。あっしには全く恨まれる覚えはありません」

しゃくれが言った。

「文平、それについてはどうだ」

忠次は文平を問い詰めた。

文平は考えながら、

「もしかしたら、新介が肩をわざとぶつけたのかもしれません」

と、自信なさそうに言った。

「どういうことだ」

忠次はすかさずきいた。

「呑み屋で新介はすごく怒っていました。というのも、あいつは芸人なんですが、隣にいたこのふたりが師匠のことを悪く言っていたといきり立っていました。それで帰りがけ一緒になったので、新介はわざとぶつかっていったのかもしれません」

「そうすると、お前たちの言い分が正しいな。だが、それだからと言って、後日喧嘩を仕返ししてもよいということではあるまい」

忠次が職人ふたりに向かって厳しい口調で言った。

「はい」

しゃくれと鷲鼻は肩をすくめている。

「その新介という男に話をきかなくちゃならねえが、とりあえずもう二度と喧嘩をするんじゃねえぞ。相手に傷をつけたら、傷害の罪で捕まえなくちゃならねえ。下手すりゃ遠島だ。まあ、このくらいの傷なら見逃してやる」

「すみません」

三人は頭を下げた。

「一応、住まいと名前を聞いておこう」

忠次が言った。

「私は先ほど申しましたように、大伝馬町一丁目の『近江屋』に奉公しております文平です。連れは霊巌島《れいがんじましろがね》銀町《ちょう》の橘家圓馬《たちばなやえんば》師匠の内弟子です」

「なに、圓馬師匠の？」

辰吉が驚いたように声を上げた。圓馬とは付き合いがある。

そういえば、志《し》ん馬《ば》という二十五、六の整った顔立ちの弟子がいた。もしかしたら、そいつかもしれないと思った。

その後、職人のふたりの名前と住まいを聞いてから、

「よし。帰っていいぞ」

と、忠次が言い付けた。三人は頭を何度も下げて自身番を出て行った。

二

五つ半（午後九時）になっていた。

大川の東側を見廻っていた本所一つ目の太之助は、狸《たぬき》顔の手下と一緒に回向院《えこういん》前から両国橋に差し掛かった。

花火はとっくに終わっているのに、真っ暗な夜空を見上げている人たちがいた。ま

だ打ち上げられると思っているのか、それとも花火のあとの暗闇《くらやみ》を見つめるのが物寂しくて好きなのか。

太之助は三十歳、神経質らしい細面で、目と鼻は小さいが口が大きくてつりあいが取れておらず、あまり人受けしない顔の持ち主である。太之助の周りには普段からあまり人が寄って来ないのもそのせいだろう。

もう大川には船は殆《ほとん》どない。ただ、一艘のおんぼろの小さな屋根船だけがゆらゆらと揺れていた。

太之助は両国橋の真ん中までやって来た。

「親分、やっぱりあの舟、変ですぜ」

狸顔が言った。

太之助は欄干から身を乗り出すようにして、その舟を睨んだ。

一刻（二時間）ばかり前に大きな屋形船と衝突をしていた屋根船だった。その時、太之助は両国橋東詰からその光景を見ていた。五年前の船同士の衝突で喧嘩になったことも踏まえて、何かあったらすぐに飛び出していこうと心を構えていた。

しかし、屋形船の船頭は棹で屋根船を遠ざけて、小舟から誰も出てこなかったので揉《も》め事にはならず、太之助も見過ごした。

その時も屋根船の者は出てこなかったし、今も姿が見当たらない。どこかおかしいと思い、両国橋を本所の方に戻り、尾上町《おのえちょう》の『船徳《ふなとく》』という舟宿に行った。

土間に入ると、客を迎える小さな取次があり、その奥に二部屋と階段が見える。

「親分、いらっしゃい」

背の低い三十過ぎの番頭が出迎えた。

「小舟出してくれ」

「ええ、よろしゅうございますけど、何かありましたか」

「ちょっと気になる舟が出ているんだ」

「気になる舟?」

「いいから早く出せ」

太之助は苛立《いらだ》ったように言った。

「すぐに船頭を手配させます」

番頭は慌てて奥の部屋に入った。

すぐに日焼けした小さな顔の男がやって来た。

「親分、付いてきてください」

その男に付いて行くと、船着場に停《と》めてある猪牙舟《ちょきぶね》に乗り込んだ。

船頭は棹を使って舟を岸から離し、少し出てから櫓《ろ》に替えて漕ぎ出した。

両国橋をくぐった後、

「あの舟ですね」

と、少し先で浮かんでいる小さな屋根船を見つけた。

猪牙舟はその屋根船に近づいていった。

「誰もいる様子がねえな」

太之助が呟《つぶや》くと、

「いや、横たわっていそうですよ」

船頭が屋根船の横に猪牙舟を付けた。

屋根船には『船徳』と書いてあった。

「これは古くなって使っていないうちの舟ですよ」

船頭が驚いたように言った。

太之助は屋根船に乗り移った。

「おっ」

浴衣姿の男女が倒れていた。女が下に仰向《あおむ》けで、その上に男が被《かぶ》さっていた。床には血がべたついていた。舟は荒らされた痕跡《こんせき》もなければ、二人の浴衣は乱れてもいなかった。

太之助は男の体をどけた。

男の喉元《のどもと》に血が固まっていて、手には匕首《あいくち》が握られていた。喉を搔っ切ったようだ。

女は心の臓に刺し傷があった。

「どうされました？」

猪牙舟から船頭が声をかけてきた。

「死んでいる」

「え？」

「ここで男女が死んでいるんだ。船番屋に連れて行くから、この舟を縄で結わいて、西詰の船着場につけろ」

太之助が命じた。

船番屋は西詰にある。

「へい」

太之助は船頭から縄を投げられて受け取り、屋根船に括《くく》り付けた。もう片方は船頭が猪牙舟の後部に括り付けた。

「よし、いいぞ」

太之助が言い付けると、船頭は勢いよく櫓を動かした。

もう一度、男女の死体の元に戻り、ふたりの顔を検《あらた》めた。

知らない顔であった。

ふたりの顔に手を当ててみると、まだ温《ぬく》もりが残っていた。

舟が停まった。

「親分、着きましたが」

船頭が屋根船にやって来て知らせてくれた。

「番人を呼んで来い」

太之助は言い付けると、船頭は船番屋に駆け付けた。

すぐに番人がふたり、戸板を持ってやって来た。

「さっさと運べ」

太之助は乱暴に命じた。

番人は水の上で足場が悪いが、ゆっくりひとりずつ船着場に上げて、死体を戸板に乗せた。

「なんだあれは」

と、見物人が集まって来た。

「どけ、どけ」

　太之助は見物人に怒鳴り散らし、船番屋に死体を運ばせた。

　その後、船番屋の土間に敷いた筵《むしろ》の上に二人の死体をならべ、持ち物を調べた。しかし、身元を示すものは見つからなかった。

「相対死《あいたいじに》ですかね」

　狸顔がきいた。

「そうかもしれねえな」

　太之助は答えた。

「花火を見ながらあの世行きですか……」

　狸顔は憐《あわ》れむように男女の死体を見ていた。

「まず、八丁堀《はっちょうぼり》の旦那に報《しら》せてこい。それから、手下たちを集めるんだ」

　太之助は命じた。

「八丁堀の旦那はどこにいるんですかね」

「そんなのわからねえ。もし屋敷に帰っていなければ、まだ見廻っているかもしれねえから、探してこい」

　太之助は横暴に言った。

狸顔はすでに疲れた顔をしながらも、八丁堀の方に走って行った。

「あの屋根船を誰かに貸したのか主人に確かめてこい」

「え？　あっしがですか」

船頭は不服そうにきいた。

「当たり前だ」

太之助が強く言うと、船頭は面倒くさそうに船着場に行こうとした。

「走って行った方が早いだろう。ちんたらしねえで、さっさと行くんだ」

太之助は後ろから急《せ》かした。船頭は少し振り向き、走り出した。

それから、船番屋の前に集まって来た野次馬に、

「誰かこいつらを知らねえか」

と、きいた。

野次馬は船番屋の戸口から覗《のぞ》き込んで、「知らねえな」とか「あそこの娘さんに似ているけど違うな」などと口々に言った。

四半刻（三十分）が経った。

手先が三人やって来た。


「へい」

「大川で不審な舟を見た者がいないか、舟宿で話をきいてこい」

太之助が言い付けた。

そして、『船徳』の船頭が息を切らして戻ってきた。

「やはり盗まれたものらしく、旦那も番頭さんも誰一人として気が付かなかったようです」

と、話した。

それからさらに半刻(一時間)後に、定町廻り同心の山村建之丞《やまむらたつのじょう》がやって来た。弛《たる》んで皺《しわ》の寄った背の低い五十年輩の醜男《ぶおとこ》である。金がないわけではないだろうが、いつも襟が擦り切れている同じ草色の単衣《ひとえ》に羽織を掛け、懐に十手が覗いている。

「旦那。死体はこちらで」

太之助は丁寧に頭を下げながら、死体を指した。

「舟の上で死んでいたのか」

山村はかすれた声で言った。

「そうです」

太之助は答えた。

山村は死体の前にしゃがんで手を合わせた。

それから、しばらく死体を検め、

「まず男が女の胸を突いて殺し、その後男が自分の喉を割いて死んだんだな」

と、山村が言い切った。

「やはり、相対死ってことですね」

太之助が確かめた。

「書き置きはあったか？」

「いや、それは気づきませんでしたけど、後で調べてみます」

「書き置きがあればすぐに始末できたのになあ」

山村は面倒くさそうに言って、

「まあ、相対死で間違いないだろうけど、もしかしたら男が女を殺して、後を追ったのかもしれないから調べてみろ」

と、命じた。

そして、もう夜も遅いから探索は明日からにして引き上げた。

翌朝、太之助は天窓からの明かりで目が覚めた。

起き上がると、隣で寝ていた女房も目を覚ました。すきっ歯で、肌艶が悪く、どんよりとした目つきだった。

「なんだ、今日は俺が早く目が覚めたんだから、一緒になって起きなくたってよかったのに」

「あなたが起きるのに、私だけ寝ていられませんから」

器量は悪いのに、献身的な女房である。太之助は女房に『たの屋《や》』という小料理屋をやらせている。

太之助と女房は布団を片付けてから朝餉《あさげ》の支度をした。朝餉は残り物の茄子《なす》の糠漬《ぬかづ》けや、スズキを焼いたものだった。

食事をかきこむと、太之助はすぐに外に出た。

澄んだ青空に、ほんの少し絹のように滑らかな雲があった。

太之助は両国橋西詰の船番屋に行って、

「誰か死体のことで来やしなかったか」

ときいたが、誰もいないとのことであった。

太之助は死体の前に立って、じっとふたつの死体を見つめながら五年前の川開きのときに起こった船頭同士の喧嘩を思い出していた。

あの時、ふたつの屋形船が衝突して、どちらがぶつかってきたのか両国橋の東詰で揉めていると太之助の元に報せがあった。すぐに駆け付けてみると、一方は顔じゅうが血だらけで目も腫《は》れていて、口元も大きく切れていた。もう一方はかすり傷ひとつもしていない。聞くところによると、屋形船同士の衝突はどちらも悪いという風に周囲のひとは見ていた。

しかし、その後の喧嘩で片方が怪我を負わせたのだから、傷害で重い罪に処されるはずだった。

だが、この怪我を負わせた方の兄貴分というのが、本所で幅を利かせている男で、太之助とも親しく付き合っていた。今もそうだが、岡っ引きの実入りだけでは少なく、こういうところからの付け届けがあってこそ暮らしが成り立つ。太之助は出来るかぎりのことをして、屋形船の衝突は怪我を負っている方が悪いということにした。そして、文句を言って殴りかかって来たのに対して、余計にやり返してしまったという報せを同心の山村建之丞にした。山村はそれを受け入れて、怪我を負わせた男は数日間大番屋で拘留しただけで、すぐに解き放たれた。

この始末に対しておかしいと異を唱えたのが、同心の赤塚新左衛門と岡っ引きの忠次であった。結局は太之助が調べたことに間違いはないということになったが、そうとうしつこく食いついてきた。それで、箱崎町《はこざきちょう》の岡っ引き繁蔵《しげぞう》に助けを求めた。繁蔵はどういうわけか赤塚には強く出ることが出来るので、すぐに赤塚が引き下がり、事なきを得た。

「太之助親分は金で動いた」

と、忠次が言いまわっていた。

太之助は憤怒した。

あいつは、婿に入った先が料理茶屋で金に困ることがないから、そういうきれいごとだけで捕り物を出来るが、一介の岡っ引きは少し強引なことをしでかさないとやっていけないのだ。

「親分」

狸顔の手下が船番屋に現れた。

「よし、出掛けよう」

太之助は立ち上がった。

三

同じ日の昼前、辰吉は越前堀《えちぜんぼり》の稲荷《いなり》を通り抜け、橘家圓馬の塀に囲まれた家にやって来た。以前ここに来るときには、博打《ばくち》で来ていたので裏からこっそり回って入ったが、今日は門を堂々と開けて、小さい庭を通って土間に入った。

「こんにちは」

辰吉は声を上げた。

すぐに近くの部屋から二十歳くらいのいがぐり頭の内弟子が出てきて、

「辰吉、久しぶりじゃねえか」

と、顔に笑みを浮かべた。

この男は噺家《はなしか》でもあるが、あまり上手な方ではない。どすの利いたやくざ者を演じれば雰囲気が出るが、それ以外、特に女を演じるときなんかは酷《ひど》い。まるっきり、色気がないどころか、女に見えない。

この男は滅多に高座には呼ばれない。だが、圓馬は弟子として可愛《かわい》がり、賭場《とば》の入り口の前で見張り役をさせている。

「お前もここで遊んでいたんだから、潰《つぶ》すような真似《まね》はするんじゃねえぞ」

いがぐり頭は冗談とも本気ともつかぬように言った。辰吉はまだ忠次の手先になって日が浅いが、すでに話は広まっていた。

「わかってる。俺だって随分世話になったから」

辰吉は語尾をごにょごにょ言った。

いがぐり頭は素直な顔をして笑っている。

「それより、新介っていうのは志ん馬のことか」

辰吉はきいた。

「ああ、そうだよ」

「今いるかい」

「それが、昨日から帰って来ていねえんだ」

「帰ってこないだと？」

「また吉原なんかに泊っているんだろう」

「吉原に？」

「よく行っているみたいだ」

「へえ、あいつがね」

辰吉は賭場にいる新介しか見たことがなかったが、その時の雰囲気はどちらかと言うと寡黙で稽古《けいこ》に一生懸命な真面目《まじめ》な男であった。

「だって、考えてみな。あんないい男だよ。女が放《ほう》っておくわけがねえだろう。それに、酒が入って良い心持ちになるとあいつはよく喋《しゃべ》るぞ」

「そうなのか」

新介が器量の良い男であるというのは辰吉から見てもそうであったし、酒が入って遊びに現《うつつ》を抜かすのもわかる気がする。

「新介に何の用だ」

いがぐり頭がきいた。

「話をききたいんだ」

「話？」

「あいつが喧嘩に関《かか》わっているんだ」

「いったい、誰と？」

「見ず知らずの人だ」

「あいつが喧嘩なんかするとは思えねえ。まして、知らない人に喧嘩を売るようなことはしないはずだ」

「何でも圓馬師匠のことを悪く言われたとかで。俺も詳しいことをあいつから聞かなくちゃならねえんだ」

辰吉がそう言ったとき、階段をのそのそと降りてくる陰気な顔をした猫背の圓馬が見えた。

「辰吉か。何してやがる」

圓馬は眠そうに目をこすりながら辰吉の前にやって来た。

「新介に用があって来たんです」

「あんな奴、もう破門だ」

圓馬は怒っているようだった。

「どうしたんですか？」

辰吉はきいた。

「夕べ『萬屋』の旦那が屋形船に呼んでくれたのに来なかったんだ」

圓馬は声を荒らげた。

「『萬屋』の旦那？」

「贔屓《ひいき》にしてくれている瀬戸物屋の旦那だ。随分贔屓にしてくださっているんだ。その旦那の仕事を放り投げるなんて、俺の弟子じゃねえ」

圓馬は相当いきり立っている。

こんな圓馬を見たことがなかった。

「何かよんどころない事情があるのかもしれません」

いがぐり頭がなだめるように口を挟んだ。

「事情なんて関係ねえ」

圓馬は舌打ち気味に言った。

辰吉はこれでは絡まれてずっと愚痴を聞かされる羽目になると思い、

「また新介を訪ねに来ます」

と、言って帰ろうとした。

「おう、待て」

圓馬が呼び止めた。

「何でしょう？」

「いま忠次親分のところの手先なんだろう」

「ええ」

「まさか、落語会のことで何かしようと思ってねえだろうな」

圓馬は鋭い目で睨みつけた。落語会というのは、博打のことである。ここの賭場に来るものは圓馬の落語を聴きに来るという建前を使っている。辰吉も以前はそうしていた。岡っ引きが探索に入ったと見張りの者が合図すると、すぐに賭場を跡形もなくして、圓馬が高座に上がって噺を始めることにしていた。

「いえ、私はそんなことしませんよ」

辰吉は首を振った。

今はしていなくても、以前は博打をしていた。その時の恩もあるし、この賭場だけは知らぬふりを通すつもりであった。

「また来ます。もし、新介が帰ってきたら、あっしが来たことを伝えておいてください」

辰吉は逃げるように圓馬の家を出た。


八つ（午後二時）の鐘が鳴った。

大伝馬町一丁目の目抜き通りは往来が激しかった。大八車を押す商人、大きな柳行李《やなぎごうり》を背負う行商、天秤棒《てんびんぼう》を担ぐぼて振り、奉公人を連れたどこかの商家のお内儀さん、稽古帰りの芸者など様々な人々が行き交っていた。

『近江屋』は目抜き通りに位置して、右側は大きな木綿問屋が建ち、左隣には普請中の建物があり、若い鳶《とび》の者たちが木遣《きや》りを唄《うた》いながら、地形といって地面を固めているところであった。

十人くらいいる鳶の中で、二、三人が丸に近の字の半被《はっぴ》を着ていた。店抱えの鳶なのだろう。

辰吉は相当繁盛している店だと思い、暖簾《のれん》をくぐった。

土間に入ると、至る所に紙が積んであり、その上にどこへ運ぶのかが書かれた紙が置かれていた。

「いらっしゃいまし」

三十過ぎの番頭らしい痩《や》せた男が出てきた。

「通油町忠次親分の手先で、辰吉と申します。文平さんにちょっと話があってきたのですが」

辰吉が初めていっぱしの手先らしく言った。

「ああ、文平でございますか。ちょっとお待ちください」

番頭は戸惑い気味に言った。

後ろから出入りの者が来て、慌ただしく店の者と現金のやり取りをしていた。

辰吉は端の方に寄った。

文平はすぐにやって来た。

「新介のことですか」

昨日、喧嘩していた時とはまるで違う穏やかな表情であった。

「新介はまだ師匠のところに帰って来ていないんだ」

辰吉が言った。

「え？　どこかに泊って来たんですかね……」

「どこが考えられる？」

「吉原かとも思いますが」

文平は考えるように言った。

「この間はお前と吉原に行ったと言っていたな」

辰吉は配慮して小声で言った。

文平も辺りを気にしながら、

「いえ、一緒に行ったわけではありません。私が遊びに行ったら、あいつがたまたま吉原に呼ばれたみたいで、それで酒を呑もうということになったんです」

「その時にはすぐに帰ったのか」

「私はすぐに帰りましたが、あいつはどこか寄っていくところがあるからと言っていました」

そうすると、どこか馴染《なじ》みのところへ行ったのかもしれない。

「新介に馴染みがいるとか知らないか」

「いいえ、そういうことはあまり話さないんです」

「話さない？」

「ええ。それほど仲が良いわけでもないですし、新介と出会ったのもほんの三月くらい前なんです」

「新介は誰と仲が良いんだ」

「色々贔屓筋に誘われて、旦那衆に可愛がってもらっているみたいですが、特に仲が良いというのはわからないです。ただ、最近やたら『濱野屋《はまのや》』の清右衛門《せいえもん》さんに呼ばれているみたいですね」

「『濱野屋』って？」

「すぐ隣の木綿問屋ですよ。そこのお妾《めかけ》さんがどうやら新介を気に入っているみたいで」

「つまり、ふたりはそういう仲なのか」

「いえ、ただの芸人と客の間柄ですよ。気に入っているって言ったって、芸に惚《ほ》れているだけだと思いますよ」

文平が言った。

「ちなみに、妾の名前は？」

「お藤《ふじ》さんです」

「お藤さんはどこで囲われているんだ」

「新介が言うには、『濱野屋』の一本裏の金物屋の隣だそうです」

辰吉はそんな近くに住ませているのかと驚いた。

お藤の家に向かうことにして、

「もしあいつと出会ったら、俺に知らせてくれ」

と言って、『近江屋』を後にした。


金物屋の隣にはそれほど大きくはないが、新しい家があった。格子戸は閉まっていて、中の様子は見ることが出来なそうだ。

「ごめんください」

辰吉は格子戸を叩いた。

しかし、中から出てこない。

もう一度叩いたが、無駄だった。

もしかしたら、気が付いていないのかもしれないと思い、裏口から入った。裏庭を通り、勝手口の戸を叩いた。

「すみません。お藤さん」

辰吉は大きな声をかけたが、返事はない。

何度か繰り返しているうちに、

「おい」

後ろから声をかけられた。

振り返ってみると、四十くらいの肩幅の広い男が、黒の夏紬《なつつむぎ》に、茶の博多献上帯《はかたけんじょうおび》を締めていた。

辰吉はあっと驚いた。

昨日、両国橋の上で綺麗な女と一緒にいた男だ。

「何しているんだ」

男がきいた。

「あっしは通油町の忠次親分の手下で、辰吉と申します。『濱野屋』の旦那さまでございますか」

「そうだが、お藤の身に何かあったのか」

と、心配そうにきいてきた。

「え？　いえ、あっしはただお藤さんに話を伺おうとして来ただけです」

「お藤は昨日から姿が見えないんだ。どこかに泊るはずはないし、もう戻ってきているだろうとここへやって来たんだが、まだ戻ってきていないな」

清右衛門は二階に目を遣ってから、勝手口から入った。

辰吉も後に続いた。

「通いの婆《ばあ》さんもいねえな」

清右衛門が言った。

「いつもいらっしゃるのですか」

「そうだ」

一階には台所、内風呂《うちぶろ》、そして六畳間が一部屋あった。

どこにもお藤の姿は見当たらない。

さらに二階へ進んだ。

二階には廊下を挟んで十畳間と六畳間の二部屋あり、このどちらにもお藤はいなかった。いずれの部屋も小綺麗にしてあった。

「どこへ行ったんだ」

清右衛門は苛立ったように言い、

「お前さんは何のことを聞きに来たんだい」

「橘家圓馬師匠の弟子の志ん馬こと新介を探しているのですが、なかなか姿が見つからず、お藤さんはあいつの芸が好きだったみたいなので、何か知っていたらと思って来たんです」

「なに、志ん馬もいない？」

清右衛門は顔を強張《こわば》らせた。

「どうしたんです」

辰吉は声をかけた。

「まさか……」

清右衛門の声は震えている。

「どうしたんですか」

「ふたりが手に手を取って逃げたのでは」

「さすがにそれは……」

「もし、お藤を奪って逃げたのなら太てえ野郎だ！」

清右衛門は声を荒らげた。

目が血走っており、迫力があった。

「どこかお藤さんが行きそうなところは？」

辰吉がきいた。

その時、勝手口から年寄りの女が入って来た。

「旦那さま、お藤さまがどこにもいないんです」

「本当にどこ行ったんだろう」

清右衛門はそわそわしていた。

「あっしは他を当たってみます」

辰吉はこの家を出た。

四

太之助は両国橋の周辺で出来る限り多くの人に声をかけて、舟の上で死んだ男女のことを知らないかときいて回っていた。心当たりがあるという者には、船番屋まで連れて行き、顔を確認させた。

しかし、なかなか死体の男女を知っているという者には出会わなかった。

そうこうしているうちに夕方になった。

そんなときに、狸顔の手下が三十過ぎの大工道具を持った男を連れてきた。

「親分、心当たりがあるみたいですぜ」

狸顔が言った。

「よし、じゃあ顔を見てくれ」

太之助は土間に横たえた死体を見せた。

大工はじっと見て、

「やっぱり、この男をどこかで見たことがある気がします」

「どこで見たんだ？」

太之助は食らいつくようにきいた。

大工は考えていた。

「早く思い出せ」

太之助は苛立ったように言った。

男は嫌な顔をしながらも、

「あ、そうだ。寄席ですよ」

「寄席？」

「高座に出ていたんです」

「すると、噺家だな」

「ええ」

「どこの誰だ」

「そこまではわかりませんが、紋がたしか丸に橘だったと思います」

「丸に橘か」

そうすると、橘家の紋だ。いま橘家といえば、圓馬一門しかいない。

太之助は念のために男の名前と住まいをきいてから、大川沿いを深川《ふかがわ》に向かって歩き、永代橋《えいたいばし》を渡って、霊巌島を通って越前堀まで足を進めた。

その頃《ころ》には日がだいぶ落ちていた。

稲荷の先の塀に囲まれた家にぽつんと灯りが点《とも》っていた。太之助は賭場が出来ているということを聞いて、何度かここに来たことがある。しかし、いずれも証拠を摑めないまま帰る羽目になっていた。

門をくぐり、小さな庭を歩いていると中から浴衣姿のいがぐり頭の男が下駄《げた》をつっかけて鼻歌混じりに出てきた。

いがぐり頭は太之助に気が付き、

「あっ」

と、気まずそうにした。

「師匠は？」

「稽古しております」

「ちょっと用があるんだ」

「用ですか？」

いがぐり頭は疑うような目つきをした。

「お前らが心配するようなことじゃねえ」

太之助は言った。

「じゃあ、ここでお待ちください」

いがぐり頭は急いで戸を開けて中に戻った。

今日も賭場が出来ているなと思った。

しかし、こんな時に踏み込んでも、またすぐに証拠を隠蔽《いんぺい》されてしまうだけだ。大人しく外で待ってようと思った。

やがて、圓馬が首を回しながら出てきた。

「どうも、一つ目の親分」

圓馬の口調にどこか探っている様子がある。

太之助は相手の出方を気にしない。

「お前さんの弟子に、二十五、六でちょっと器量の良い男はいないか」

と、いきなりきいた。

「え？」

圓馬は思いもよらないことを聞かれたからか、ぼーっとしていた。

「だから、お前の弟子で二十五、六の二枚目はいねえかってきいているんだよ」

太之助は力強く言った。

「志ん馬っていう奴がそうですが……」

圓馬は少し戸惑っていた。

「昨日、大川で相対死があったんだ。その男の死体がそいつかもしれねえ」

「何ですって！」

圓馬は気怠《けだる》そうな目を一気に大きく見開いた。

「川開きの時に、屋根船から相対死の男女の死体が見つかったんだ。その男がどうやらお前さんのとこの弟子に似ているっていう話を聞いたんだ」

「そういや、昨日からあいつの行方がわからなくなっているんです……」

圓馬は不安そうな顔をした。

「とりあえず、死体を検めに来てくれねえか」

「わかりました。ちょっと、弟子たちに訳を話してきます。ここで待っていてください」

　圓馬は一度家に入り、すぐに出てきた。

　太之助は来た道を戻った。圓馬が黙ってついてくる。

　尾上町を通るころには、もうすでに夜になって、大川は真っ暗で、対岸の灯りと舟宿の灯りだけが揺れていた。

　船番屋の前で、狸顔が壁に寄りかかって待っていた。

「親分」

「死体はまだ腐っていねえか」

「ちょっと体が柔らかくなってきている」

　狸顔は戸を開けた。

　太之助は圓馬を先に中に入らせた。

「奥の部屋です」

　と声をかけて、土間に横たわっている二人を見せた。死体が少し膨張した気もする。

　鼻につく臭《にお》いもしてきて、肌の色が大分黒ずんできた。

「うっ」

　圓馬は嫌な顔をしながら死体を覗いた。

「どうだ」

太之助は声をかけた。

「弟子の新介です」

圓馬は複雑な表情をして、何か口ごもった。しかし、その声は聞き取れなかった。

圓馬はそれから女に目を移した。

「おや、『濱野屋』の旦那の妾です」

「『濱野屋』の妾?」

「名前はお藤さんでしたかな。よく贔屓になっているんです」

「お藤」

太之助は繰り返した。

「おい、『濱野屋』の旦那にここに来てもらってくれ」

と、狸顔に言い付けた。

「へい」

狸顔はすぐに外に駆け出した。

「新介がこの女を殺して自分も後を追ったのは間違いねえんだ」

「信じられませんが、新介は若いですし、顔もいいので、他人様《ひとさま》の妾とどうこうっていうのはあり得なくはないと思います。書き置きはあったんですか」

「あった」

太之助は間を置いて答えた。

「そうですか。あいつはそういう奴ではないんです。行き当たりばったりのところもあるので、もしかしたら、花火を見ているうちに死のうってことにもなったのかもしれません」

圓馬の顔は引きつっていた。悲しみとも、怒りとも、嘲《あざけ》りとも取れる複雑な表情だ。

「とりあえず、こいつの身内に報せてやれ」

太之助は命じた。

「それが、いないんです」

「いない？」

「ええ、こいつは親がふたりとも死んでいて、親戚《しんせき》もないんです」

「そうか。まあ、身内がいなけりゃ、悲しむものもいなくていいな」

太之助は非情に言った。

「親分、この死体をあっしが引き取ってもよろしいですか」

圓馬が恐る恐るきいた。

不義により相対死をした場合、死体は取り捨てて弔いはしないという触書が出ている。

「ダメだ」

太之助はきっぱり断った。

「そこをどうにか」

「ダメなものは、ダメだ」

「……」

圓馬はため息をついて、

「そうですか」

と、名残惜しそうに新介の顔を見ていた。

しばらくして、圓馬はトボトボと帰って行った。元々背中が丸まっているのに、さらに小さくなったようで悲哀に満ちているように見えた。圓馬にとって新介は可愛がっていた弟子なのだろうなと思った。

半刻後、狸顔が四十年輩の男を連れてやって来た。

「『濱野屋』の旦那の清右衛門さんです」

狸顔が教えてくれた。

清右衛門は強張った顔で死体に駆け寄った。

女の顔を覗き込むや否や、

「お藤……」

と、かすれる声を出した。

太之助は清右衛門に近づいた。

「やはり、お前さんの妾か」

「ええ」

「隣にいるのは噺家の志ん馬で」

「知っています」

清右衛門は言葉を被せた。

そして、憎しげな眼《め》を隣で横たわっている新介に向けた。

「昨日、検めたところ相対死となったが、間違いなさそうか」

太之助は念のためにきいた。

「……」

「どうなんだ」

太之助は沈黙する清右衛門の心中など構いもせずに不愛想にきいた。

「いや」

清右衛門は口ごもった。

「ふたりは関係があったのか」

「いま思い返してみると、何となくそんな気もしなくはありません」

「どういうことだ」

「お藤はやたら志ん馬を呼びたがっていました。志ん馬は芸もなかなかのものでした。だから、お藤は好きなんだと思っていたのですが、若くて顔も良いですし、私以外の男を知らないお藤が惚れるというのも考えられなくもありません」

清右衛門はため息をついた。

「志ん馬の態度はどうだったんだ」

「あいつはいつも嬉《うれ》しそうにうちに来るんです」

「好きな女に対するようにか」

「おそらく」

清右衛門は嫉妬《しっと》と怒りに満ちた顔をした。息も荒くなっていた。

太之助はもう相対死で間違いないと確信していた。

遺書など相対死と決めつけられる物がないかどうか、まだ調べないといけないが、それはあとで何とかなるだろうと思った。正直、相対死かどうか詳しく調べるなどと面倒なことをしたくない。

万が一、遺書が必要ならば、こっちで勝手に作ってしまえばいいだろうとも思っている。

「旦那、相対死なんで弔いも出来ないぞ。死体はこっちで捨てておくから、もう用は済んだ」

太之助は追い返すように清右衛門を帰らせた。

五

翌日の昼前、辰吉が長屋を出た時にぽつんと雨が月代《さかやき》に当たった。重たい雲が広がっていた。

じめじめしていて、嫌な陽気であった。

辰吉は忠次に会いに行こうと家を出た。忠次は表通りの料理茶屋『一柳《ひとつやなぎ》』の先代に見初められて婿に入った。今はお内儀さんが店を切り盛りしている。

ちょうど、木戸口でばったり忠次と出くわした。

「辰、ちょうどよかった」

忠次は真剣な顔をしている。

「何かありましたか」

辰吉は目を丸くした。

「新介が死んで見つかった」

「えっ？」

「相対死だそうだ。川開きのときに舟の上で死んだそうだ」

「舟の上ですか？」

「不審な屋根船があっただろう」

忠次が言った。

『萬屋』の幟が掲げられた屋形船にぶつかっていったおんぼろの小さな屋根船を思い出した。

「もしかして、両国橋の上から見たあの舟ですか？」

辰吉はきいた。

「そうだろう」

忠次が答えた。

「相手は誰なんです？」

「『濱野屋』の旦那の妾だ」

「お藤さん⁉」

辰吉は驚いて、大きな声になった。清右衛門が一緒に逃げたのではないかと心配していたが、まさか、それ以上のことが起こるとは……。

「喧嘩とそのことは関係ないんでしょうか」

辰吉がふと思いつきで言った。

「それはないだろう。あいつらが殺したんだとしたら、どうやって考えても殺してから大伝馬町までは半刻は掛かる。それに、舟の上でふたりは死んだんだ。もし殺して舟から逃げたとなれば、誰かに発見されてしまう」

「なるほど」

辰吉は忠次の説得に頷いた。

「これから、どうします？」

辰吉は指示を仰いだ。

「もう新介は死んだことだし、あれから喧嘩は起きていないからこのままでいいだろう」

「そうですか……」

辰吉はどこかもやもやした気持ちでいた。

その日の昼過ぎであった。

辰吉は越前堀の圓馬の家に来ていた。

家の中はいつになくしんとしていた。

辰吉が正面から入って、

「失礼します」

と、声をかけた。

近くの部屋から、圓馬が重たい表情で出てきた。

「新介は死んだよ」

圓馬は沈んだ声で言った。

「ええ、さっき耳にしました」

「そうかい」

圓馬は辰吉が何か言う前に勝手にさっき出てきた部屋に入って行った。襖《ふすま》は開いている。辰吉は部屋に入って、襖を閉めた。

線香のにおいが漂ってきた。

部屋には死体がない。相対死で死んだとなれば弔いは出来ないということを以前忠次から聞いていた。そして、もしどちらかが生き残っていた場合には、三日晒《さら》しの上、身分を非人手下に落とされるという。

「ったく、何で死んじまったんだろうな。せめて、悩みがあれば言ってくれたらよかったのに」

圓馬が悔しそうにぼそぼそと言った。

いつも気持ちを表に出さない圓馬は、例によってしみったれた顔をしている。しかし、それでも、どこか落ち込んでいるのが目に見えた。

「やっぱり、あの金のことが関係あるのかな」

圓馬が呟いた。

「あの金というと？」

辰吉はきいた。

「新介は『萬屋』の旦那に百両の金を借りに行ったんだ。旦那はどういう金なのかわからないからと断ったそうなんだが、きっとその金のことで行き詰って死んだんだな」

「そんな金があいつに必要だったんですかね」

「そんな大金を使うとしたら、借金があったか惚れた女を身請けするくらいだろう。あいつは親もいねえし、借金って言ったって博打はあまりしねえからそんなのがあるはずねえ。惚れた女だろうな」

「でも、それなら惚れた女を身請けしたいと『萬屋』の旦那に言ってもよろしいんじゃありませんか」

「それがあいつの見栄《みえ》なんだろう」

「でも、それはどうかと……」

金を借りるならどういう訳か話すのが筋だと、辰吉は思う。そうしなかったのは、ただ見栄というだけでなくて、余程の訳があったのではないか。

辰吉はどこか引っ掛かった。

「『萬屋』というのはどこにあるんですか」

「なんだ、知らねえのか」

「そんなに有名なところなんですか」

「いま一番大きな瀬戸物問屋だ。日本橋瀬戸物町《にほんばしせともちょう》にある。遠くからでも幟が見えるだろう」

「ああ！」

辰吉は思い当たった。

何度か瀬戸物町を通った時に、お店の脇に藍染の『萬屋』と書かれた大きな幟が立っていた。この幟はかなり遠くからでも何かあるというのがわかり、よく考えたものだと感心していた。

「三代目の当主萬蔵《まんぞう》さんになってからぐんと売り上げが伸びたところだ」

「師匠は萬蔵さんと親しいんですか」

「よく座敷に呼んでくれる。とても良い方だ」

芸人にとって良い方というのは、金払いが良いという意味なんだろう。圓馬は何でも金がまずあって、付き合いを始める。圓馬を呼ぶとなると、必ず祝儀を付けなければならないし、芸人の世界はそういうものなのかと、辰吉は圓馬を見て思ったことがあった。

辰吉は立ち上がった。

伊《い》勢町《せちょう》と室町《むろまち》の間に挟まれたところが瀬戸物町だ。町内には福徳《ふくとく》神社があり、江戸開府以前は福徳村と言われていた場所だ。

ここは商業街で、瀬戸物問屋はもちろん、水菓子屋、線香屋、乾物屋などが軒を連ねていた。

辰吉は高い幟を見て、すぐに『萬屋』の場所がわかった。ちょうど西堀留川《にしほりどめがわ》に架かる雲母橋《きららばし》を南塩河岸《みなみしおがし》に渡ったところにあり、二階建てで他の店の三軒分くらいの大きな蔵造りの堂々とした構えだった。

それにも拘《かか》わらず、店先には大きな鉢があふれんばかりに置いてあり、店先で瀬戸物の荷解きをしている者が数名いた。店には暖簾がかけられておらず、気軽に入れた。こういったところも当主の萬蔵の商売の知恵なのかもしれない。

辰吉は土間に立って、

「すみません」

と、声をかけた。

商談をしている者が何人かいて、手の空いている奉公人はいなかった。

「ちょっと、お客さまだよ」

番頭らしい男が奥に声をかけた。

すると、中肉中背の二十代後半の男が出てきた。

「通油町の忠次親分の手下で辰吉といいます。旦那さまにちょっと橘家志ん馬のことでお話があるのですが」

辰吉は名乗った。

「旦那はいま二階でお客と会っているんです」

「では、こちらで待たせていただいても?」

「どうぞ、どうぞ」

男は両手で譲るような手つきをした。

辰吉は店内の瀬戸物を眺めながら待った。

近くで話をしている者からは、

「浅草山谷《さんや》の八百善《やおぜん》、日本橋浮世《うきよ》小路《しょうじ》の百川《ももかわ》、深川の平清《ひらせい》などの一流店がこぞって『萬屋』で食器を揃《そろ》えているんです。ここにはないものはございません。九谷《くたに》、有田《ありた》、瀬戸などから毎日江戸湊《えどみなと》へ磁器がたくさん届きます。うちで食器を揃えたというだけで、あなたの店も箔《はく》が付くというもんですよ」

と、まくし立てる声が聞こえてくる。

「高いが仕方ない。買いましょう」

「ありがとうございます」

と、声が上がった。

そうかと思いきや、他のところでも「ありがとうございます」との声が上がり、次々と人が出入りして、瀬戸物を何かしら買って帰った。

売り手も名調子で次々と上手《うま》いことを並び立てるので、辰吉は聞いているだけでまるで音曲のように楽しめた。

「お待たせしました」

辰吉が声をかけられて振り向くと、川開きのときに萬屋という幟を掲げた屋形船の中にいた小太りの男であった。

遠くから見たときには感じなかったが、太っていても品が良かった。色の白い、艶やかな肌質で、三十代とも四十代とも見える見た目であった。

「志ん馬のことでやって来ました。通油町忠次親分の手下の辰吉です」

「どんなことでしょう？」

萬蔵は平然としている。まだ、新介が死んだことを知らないのだろう。

「志ん馬は死にました」

「何ですって？」

大声になった。周りにいる客たちが一斉に振り向いた。

「ここでは話がしにくいので」

辰吉が言うと、そのまま奥の部屋へ通された。

辰吉が座布団の上に座るなり、

「どうして、志ん馬が死んだのです？」

と、萬蔵はきいてきた。

「相対死です」

辰吉は静かに答えた。

「あいつがそんなこと……」

俄《にわ》かに信じられないといった様子がうかがえる。

「相手は誰です」

「大伝馬町の木綿問屋『濱野屋』の旦那の妾でお藤という女です」

「あいつはその女と出来ていたのですか」

萬蔵は驚いたようにきいた。

「そのようです」

「死ぬまで思い詰めているようには思えませんでした」

「旦那にはそんなことを仰《おつしや》っていませんでしたか」

「まったく」

萬蔵は首を振り、

「この間道でばったり出くわしたときにも、またすぐお座敷に呼んでくださいよと、言われていたばかりなんです。どうして、そんな……」

と、納得いかない顔を浮かべている。

急なことなので、悲しみよりも納得いかない方が強そうだ。

「先ほど師匠のところで、新介が旦那に金を貸して欲しいと頼みに来たと伺いましたが」

「そうなんです。しかし、どうも話が怪しいので断ったんです」

「どういったことで金が必要だったのですか」

「それが、あいつは一切理由を言わなかったんです。言いたいのは山々だけど、恩義のあるひとの面目を潰すことになりかねないと言って」

「旦那に断られた新介はそのまま引き下がりましたか」

「ええ、肩を落として帰って行きましたよ。よくよく考えてみれば、それがあいつと会った最後だったのかもしれませんな」

「ちなみに、それはいつの話ですか」

「今から十日ばかり前ですかな」

萬蔵は思い出すように言った。

十日前ということは他にもどこかに金を借りに行ったということも考えられる。しかし、もし他で都合をつけたのであれば、圓馬は知っているはずだろう。

辰吉はその百両の金の目的が何なのか気になりながら、『萬屋』をあとにした。

第二章　逆さ絵馬

一

六月五日の朝五つ（午前八時）前。

今日も曇り空であったが、雨が降るような重たい雲ではなかった。ここ数日天気がぐずついていて、晴れ間がなかった。今日は蒸すような暑さで、辰吉の住む牢獄《ろうごく》長屋ではどこも障子《しょうじ》を開けて家の中の風通しを良くしていた。

辰吉は四畳半で胡坐《あぐら》をかいて莨《たばこ》を吸いながら、壁の一点を見つめていた。

何となくもやもやしていた。

新介の百両のことは、いくら調べてもどういうわけで借りたかったのかわからない。しかし、そのことが辰吉の心のわだかまりの元ではない気がする。

一昨日も両国広小路で掏摸《すり》の被害にあった者がいた。その掏摸が銀二かどうかはわからないが、このあいだ逃した時の悔しさがさらに増した。

やはり、銀二のことでもやもやしていたのだ。

銀二は今夜も両国広小路に来るだろうか。何としてでも自分で銀二を捕まえたい。

本石町《ほんごくちょう》の鐘が朝五つを知らせた。

辰吉は慌てて長屋を出た。今日は町廻《まちまわ》りの供をする予定になっている。

『一柳』の裏口から入って、

「親分、辰吉です」

と声をかけてから、外で待った。

ぼて振りや大八車を引いた若い衆、風呂敷《ふろしき》包みの荷物を背負った行商などが目の前を通り過ぎて行った。

忠次はすぐに出てきた。

二人は八丁堀に向かって歩き出した。同心の赤塚新左衛門の屋敷に行って、一緒に町廻りに出る。

「何か調べているようだな」

忠次が突然言った。

「え？」

辰吉はきき返した。

「お前が圓馬師匠のところに行ったり、『濱野屋』に行ったりするのを安太郎《やすたろう》が見ていたぞ」

安太郎は二十代半ばの酒屋の息子だ。捕り物好きで忠次の手下になっている。いずれ酒屋の代を継ぐことになっているので、今は辰吉の方が重宝されている。

「ああ、それですか」

辰吉は別に隠すつもりではないが、新介が借りようとした百両に引っ掛かり、好奇心で調べていたとは言っていなかった。

「あの相対死《あいたいじに》はもうけりが付いているんだ。あれを受け持っていたのは、本所一つ目の太之助だ。あいつは俺《おれ》に恨みやら妬《ねた》みを持っている。だから、手下のお前が何か調べ回っていたら、これからずっと目をつけられるぞ」

忠次が脅すように言った。

「そんな、相対死を疑っているというわけではありませんよ。新介が借りようとした百両のことが気になっただけです」

「それでも、疑われる真似《まね》は控えておけ」

「はい、気を付けます」

辰吉は答えた。

ふたりは伊勢町堀を通って、江戸橋《えどばし》を渡った。

楓川《もみじがわ》から海賊橋《かいぞくばし》を渡って、道を右に曲がって進み、町奉行組屋敷の一角にある赤塚新左衛門の屋敷の木戸門をくぐった。木戸門といっても、木を立てて板を張り付けただけの簡易なもので、屋敷の造りも武家屋敷というよりも町家に近かった。

門から五、六個の飛び石の上を踏んで玄関に着いた。

「旦那《だんな》」

忠次は声をかけた。

玄関のすぐ先に襖《ふすま》があり、そこから黒の絽《ろ》の羽織で、大名縞《だいみようじま》を着た赤塚新左衛門が現れた。赤塚は三十二歳で、面長で柔らかな顔立ちをしており、武士らしく凜々《りり》しいが気弱なところがある。

「じゃあ、出かけるか」

赤塚は土間に下りてきた。

それから、中間《ちゆうげん》と小者《こもの》を連れて、八丁堀の組屋敷を出て、楓川を渡り、京橋《きようばし》の方に向かった。堀端に出て、数寄屋橋御門《すきやばしごもん》をくぐると、番所櫓《ばんしよやぐら》のついた黒渋塗の海鼠壁《なまこ》の長屋門が見えて来た。数寄屋橋御門の近くの南町奉行所だ。今月は南町が月番なので門が八の字に開いていた。

赤塚新左衛門と中間、小者は右側の小門から奉行所に入って行った。忠次と辰吉は赤塚から私的に雇われている。それなので、ふたりは南町奉行所の前で待っていた。

「そういえば、一昨日も掏摸がありましたよね。銀二の仕業じゃないんですか？　徹底的に見廻《みまわ》りをした方がいいんじゃないですか」

と、辰吉は訴えた。

「たしかに、いま両国は人出が多く、掏摸の稼ぎ時だから気を付けねえといけねえな。ただ、掏摸は銀二だけじゃない。あいつばかりに構っていると他の奴《やつ》を逃がしてしまう」

「でも、やっぱり銀二を捕まえたいんです」

「奉行所の方でも見廻りをしているから、お前がそんなに焦る必要はない」

忠次がなだめるように言った。

やがて、赤塚たちが出て来ると一緒に数寄屋橋御門をくぐって、町廻りに出掛けた。

いくつかの自身番を廻って、呉服町《ごふくちょう》にやって来た。

自身番の前に立ち、

「番人」

と、赤塚が声をかけて中に入った。

「町内に何事もないか」

赤塚が番人にきいた。

「この間、町内の旦那衆が夜に両国広小路に行ったとき、『若狭屋《わかさや》』の旦那が財布をなくしたようなんです。旦那は掏《す》られたと言っていました」

番人が訴えた。

「財布を落としたということは考えられないのか」

赤塚がきいた。

「私もそれを確かめたのですが、両国広小路の茶店を出たときに誰《だれ》かがぶつかってきたそうで、その後すぐに袂《たもと》を調べたら財布がなくなっていたそうです。だから掏摸じゃないかと」

銀二に違いない。辰吉はそう思った。この間も茶店から出て来る商家の旦那にぶつかって掏摸を働いた。

「いくら入っていたんだ」

「二両だそうです」

「まあ、調べてみよう」

赤塚が番人に言うと顔を忠次に向け、

「これから『若狭屋』の旦那のところに行って、話をきいてこい」

と、命じた。

「へい」

忠次は返事をした。

「『若狭屋』はこの通りの次の角まで行く手前の右手にあるところです」

番人が教えてくれた。

「では、すぐに調べて参ります」

辰吉と忠次は町廻りを続ける赤塚たちと別れ、自身番を出た。木戸をくぐると真っすぐに進んだ。通りには酒問屋が多かった。呉服町という名前は呉服屋が多いからではなく、幕府御用達《ごようたし》の呉服師、後藤縫殿助《ごとうぬいどのすけ》の屋敷があったことに由来している。

「銀二ですかね」

辰吉は歩きながらきいた。

「そうかもしれねえな。赤塚さまのことだ、銀二かどうかはともかく掏摸が横行しているから、俺たちだけじゃなくて、繁蔵親分なんかも狩り出されて見廻りにあたるだろう」

「銀二はあっしが捕まえます」

と、辰吉は意気込んだ。

「どうして、そんなに銀二にこだわる？」

忠次がきいた。

「いえ、こだわるというか……」

辰吉は言いよどんだ。

自分の目の前で掏摸を働いて、逃げられたのが悔しい。それに、その後も銀二の仕業と思われる掏摸が続いていることも自分のせいだと考えてしまう。

そんな話をしているうちに、『若狭屋』の看板が見えてきた。店の前には本問屋という行灯《あんどん》が出ていた。

「ここだな」

忠次が確認して、ふたりは店に入ると、『若狭屋』の風呂敷を担いだ男が出て行くのとすれ違った。男の荷物は端が角ばっており、重そうだ。きっと本をたくさん運んでいるのだろう。

「いらっしゃいまし。どうぞお手に取って下さい」

奥の方で忙しそうに本の整理をしている面長で、目の細い番頭風の男が言った。

二十畳ほどの店の間だ。何列も本が積み上げられているが、近くには浮世絵も置いてあり、隠居風の男たちが畳の上に広げながらあれこれ言っていた。

「ちょっといいか」

忠次が声をかけた。

「はい、なんでしょう」

番頭が近づいてきた。

「お上の御用を預かっている忠次ってもんだ。旦那に話があるんだが」

「あ、これは親分ですか。失礼致しました。どうぞ、奥へ」

と、ふたりは客間に通された。

旦那はすぐにやって来た。歳《とし》は五十近くで、顔に艶《つや》があり、太って貫禄《かんろく》のある体格だった。

「先日、両国広小路で掏摸にあったそうだな」

忠次がいきなりきいた。

「左様でございます」

旦那は頭を下げた。

「掏られたのは間違いないか」

「茶店で代金を払いましたので、その時まではありました。後で茶店の者にきいても財布は落ちていなかったというんです。茶店から出てきたときにぶつかって来た男に掏られたのではないかと思います」

「その男の顔を覚えているか」

「若い男でした。役者のような顔立ちでしたね」

旦那がはっきり言った。辰吉の頭の中に銀二の顔が思い浮かんだ。

「親分、やっぱり銀二ですよ」

辰吉は声を上げた。

忠次は辰吉の顔を見て、強く頷《うなず》いた。

旦那も辰吉を見て、

「掏摸は銀二っていうんですか。その男を捕まえてください」

強く訴えた。

「わかっている。ただ、掏られた方にも落ち度がある。今後は気を付けるように」

忠次が軽く叱《しか》りつけるように言った。

「はい。申し訳ございません」

旦那は頭を深々と下げた。

それから、『若狭屋』を後にすると、辰吉と忠次は呉服町の隣町、西河岸町《にしがしちょう》へ向かった。ちょうど、赤塚と連れの者たちが自身番を出て来るのに出くわした。

忠次は小走りで赤塚に近づいた。辰吉も後を付いて行った。

「旦那、やっぱり掏られたようです。掏摸はどうも銀二らしいです」

忠次が言った。

「銀二？」

赤塚がきいた。

「まだ一度も捕まったことはありませんが、近ごろあちこちに出没している凄腕《すごうで》の若い掏摸です。早く捕まえないと、被害が広がるだけです」

「近頃掏摸の被害が多い。これ以上掏摸をのさばらせておくわけにはいかねえ」

赤塚が厳しい顔で言い、

「よし、おめえたちは今から掏摸の見廻りをしろ」

「はい！」

忠次は威勢よく答え、

「さっそく、支度してきます」

辰吉と忠次は町廻りを離れて、両国広小路に向かった。

その途中で、手下の三人に夕方浅草御門《あさくさごもん》に集まるように伝えた。

夕方になった。野良犬の遠吠《とおぼ》えが浅草御門に響いた。昼間、両国広小路の見廻りをしたが、銀二は現れなかった。

浅草御門に、福助《ふくすけ》と政吉《まさきち》が集まっていた。どちらも辰吉よりも年上で、福助は通油町の油問屋の次男で、政吉は紙問屋の次男である。ふたりとも次男であるから、どこか遊び人風なところがある。吉原などの女にもてそうな色白で細身である。

「お待たせしました」

辰吉は軽く頭を下げた。

「安太郎は家業で来られないそうです」

福助が言った。

「そうですか……」

銀二を捕まえるのに、出来るだけ人手が多い方がいいが、辰吉以外の手下はほんの手伝いで捕り物をしているだけで無理がきかないのは仕方がない。

「よし、じゃあ行くか」

四人は両国広小路に向かって歩き始めた。

その途中で、銀二のことを考えた。あの男の手口はおそらく誰かにぶつかっていくときに財布を掏るというものだ。役者のような端整な顔立ちで、細身の中背だ。身が軽く、ひとを巧みに搔《か》き分けて、上手に逃げる。

だから、挟み撃ちにする方がいいということになった。

辰吉は福助と組む。両国橋の方から広小路に向かって見廻りをするように、忠次に言い付けられた。

六つ半（午後七時）、辰吉ら四人は両国広小路に着いた。今日も沢山の人出があった。

「この人混みで、探すのは大変だ。しっかり探せ」

忠次が言った。

辰吉は、二人と離れた。

辰吉は福助と無言で、両脇《りょうわき》の店々や通りの真ん中の屋台を注意深く見張っていた。

しかし、銀二の姿は見えなかった。

そのうち、花火が始まった。辰吉は一度も大川を振り返らずに、銀二だけを探していた。やはり銀二は見つからなかった。

やがて、花火が終わり、しばらく経《た》ってから見世物小屋の前で、忠次たちと合流した。

「こちらはいませんでした」

辰吉が報《しら》せた。

「こっちもだ」

忠次が首を横に振った。

「仕方がねえ。また明日出直そう」

四人は疲れた足を引き摺《ず》って、通油町へ帰って行った。

二

翌朝、烏《からす》の鳴き声がうるさかった。

辰吉が目を覚まして、外に出てみるとまだ陽《ひ》が昇り始めたばかりで、空は赤黄色かった。辰吉はまだ眠れると思い、もうひと眠りした。

五つの鐘で起きた。

「あっ、いけねえ」

辰吉は寝すぎたことに気が付いて、慌てて外に出た。

木戸を出て、表通りから『一柳』の裏口へ回った。小鈴の家からは三味線《しゃみせん》の音が聞こえてきた。ふたつの音が重なり、稽古《けいこ》をつけているようだ。こんな早くから稽古をするものなのかと不思議に思った。

『一柳』の裏口に、昨夜いなかった安太郎が立っていた。

「おはようございます」

辰吉は声をかけた。

「おう、辰。今日の町廻りは俺が行くから、お前は残っていな」

「兄貴が？」

「ああ。最近、家業で忙しくて親分のところにご無沙汰《ぶさた》していたからな。今朝くらいはしっかり仕事をしようと思って」

「そういうことならば……」

辰吉が譲った。

その時、忠次が裏口にやって来た。

「ふたりもいるのか」

「いえ、安太郎兄貴が行きます」

「そうか」

忠次は頷き、

「そういや、今朝小鈴師匠に会ったのだが、お前に用があるらしい」

と、思い出したように言った。

「師匠が？」

辰吉には何の用なのか全くわからなかった。ただ、小鈴が呼んでいるというだけで胸が躍った。

「あとで顔を見せて来な」

「はい」

辰吉は浮いた声で答えた。

忠次と安太郎は裏口から出て、八丁堀へ向かった。

辰吉はふたりの姿が見えなくなるまで見送ると、小鈴の家の裏庭に入った。裏庭に面している部屋の障子は開け放たれており、小鈴が凛に稽古をつけているのが見えた。

何でこんな早くに稽古をしているのだろう。不思議に思いながら稽古の様子を見ていると、小鈴と目が合った。

辰吉は一瞬心の臓が止まったかと思うようにときめいた。

しかし、小鈴は辰吉のことは気にもしないように三味線を弾き続けた。

辰吉は縁台に座って、三味線の音を聞いていた。すると、三毛猫が塀を越えてやって来て、辰吉に近づいた。

辰吉は三毛猫を抱えながら、小鈴を見ていた。

チントンシャンとゆっくり弾かれたあと、三味線が止《や》んだ。

涼しい風が吹き抜け、釣りしのぶの風鈴がチリンチリンと鳴った。

「師匠、ありがとうございました」

凜は三味線を置いて、手を突いて頭を下げた。

「辰吉がいるよ」

小鈴が凜に知らせた。

「え？」

振り向いた凜に手を軽く上げて応じた。

「師匠が俺を探しているって忠次親分に聞いて」

辰吉は嬉《うれ》しそうに言った。

「いや、お前さんを呼んだわけじゃないが、うちの屋根の瓦《かわら》に庭に生えている松の木の枝が引っ掛かっているんだよ。親分に鳶《とび》に頼んでもらおうかしらと話したら、それなら辰吉にやらせますよって言うから、まあ急ぎじゃないけどと返事したんだ」

「なんだ、そうだったんですか」

　辰吉はちょっと残念であった。貰《もら》い物の菓子でも余っているから、食べさせてくれるとか、話をしたいという用件だと思った。しかし、よくよく考えてみると、今まで小鈴がそんなことで辰吉を呼んだこともない。

「じゃあ、すぐに登りますよ」

「梯子《はしご》は物置に入っているからね」

　小鈴は裏庭の端の物置を指した。

　辰吉は梯子を持ってくると屋根にかけた。素早く梯子を伝い、屋根に上り、木の枝を引きはがした。

　枝はしなって通りの方に傾いた。

「師匠、これでどうです？」

　辰吉は見下ろしてきいた。

「ありがとう。助かったよ」

　小鈴がツンとした表情のまま礼を言った。

　それでも、辰吉は嬉しかった。

　せっかく屋根に上ったので、辺りを見下ろした。

　霞《かすみ》がかかっているが、五、六里ほど見渡せた。

「危ないから早く降りて来なさいよ」

小鈴が呆《あき》れたように注意した。

「ええ、すぐに降りますよ」

辰吉はまだ見渡していると、すぐ隣の鉄砲町《てっぽうちょう》の裏路地に掏摸の銀二の顔が見えて、思わず「あっ」と声を上げた。

銀二は黒ずんだ長屋のとば口から出て行き、絵描《えか》きをしている子どもに何か声をかけていた。それから木戸を出て行った。辰吉は目で追っていたが、神田《かんだ》の方に歩いていったので、段々姿が小さくなっていき、とうとうわからなくなってしまった。

辰吉は急いで梯子を降りた。

「兄さん、どうしたの」

凜が不思議そうな顔をした。

「急用を思い出したんだ」

辰吉は駆けだした。

「ちょっと、梯子」

後ろから凜の声が聞こえる。

「片付けといてくれ」

辰吉は振り向かないで叫び、鉄砲町の黒ずんでいる長屋に向かった。

その路地を入ると、まだ子どもたちが絵描きをしていた。

長屋に踏み込もうとしたが、待てよと思った。さっきここの長屋から出て行ったのが本当に銀二なのか確かめるのだ。

辰吉はとば口の家に進んだ。

絵描きをしていた子どもたちが顔を上げた。皆、子どもらしく盆の窪《くぼ》に産毛を残し、こめかみと頭のてっぺんにも髪をのこしていた。

「ねえ、誰か探しているの」

ひとりのませたような男の子がきいてきた。

「いや、ちょっとな」

辰吉が曖昧《あいまい》に答えると、子どもたちは訝《いぶか》しい目で睨《にら》みつけてきた。

「魚屋の八兵衛《はちべえ》さんだ」

と、慌てていい加減な名前を言った。

「魚屋の八兵衛さん？　そんなひとこの長屋にはいないよ」

「そうか。じゃあ、勘違いだったな。たしか、ここに住んでいるはずなんだけど」

辰吉は、とば口の銀二と思われる男が出て行った家を指した。

「ここは違うひとが住んでいるよ」

「おかしいな。なんていうひとが住んでいるんだい」

「おりくさんっていうひとだよ」

「おりくさん？」

女だったのか。銀二はこの家に泊ったんだろうか。ということは、この女と出来ているのだろうか。

とば口の家の腰高《こしだか》障子がガラッと開いた。

「誰か私のこと呼んだかい」

年増《としま》のうりざね顔に柳腰の女が出てきた。

「いや、違うんだよ。このひとが魚屋の八兵衛さんというひとをおりくさんの家だと間違えて訪ねてきただけなんだよ」

子どもが説明した。

おりくは辰吉に顔を向け、

「ここじゃないよ」

と、やや低い声で言い放った。

「この間、八兵衛さんに似た男がここの家に入っていったものだからつい間違えたたんだ」

「あっ、それは銀二さんだよ」

子どもが口を挟んだ。

「他人様《ひとさま》に余計なことを言うんじゃないよ」

おりくが叱った。

子どもは、しゅんとなっていた。

辰吉はそそくさと路地を出て行った。


その日の夕方、雲が空の半分くらいを占めていた。辺りは段々と薄暗くなり、こうもりが円をかきながら飛んでいた。

辰吉は忠次と福助、政吉のふたりの手下と共に両国広小路まで見廻りに来ていた。

安太郎は、夕方は家業が忙しいということで、今日も出てこられなかった。

両国広小路は、この日も変わらず両脇の茶店も、通りの真ん中に出ている屋台もどちらも大変な混みようである。

「今日は四人でばらばらに見廻りをしよう」

と、忠次が言った。

辰吉は吉川町の方から両国橋に向かって、両脇の店に目を凝らしながら進んだ。通りの右側には辰吉がいて、反対側には忠次がいる。辰吉と同じく通りの右側を福助が反対方向に向かって来て、政吉は忠次に向かうように見廻りを始めた。

しばらくすると、辰吉は人混みの中に役者のような顔を見つけた。

(銀二だ)

辰吉は胸が昂《たかぶ》った。

それから、気づかれないように近づいた。

今日は白地の浴衣を着て、絣《かすり》の黒帯を締めている。この服が掏摸をした金で買った物だと思うと余計に腹立たしく感じた。

銀二は通りの脇に大きく構えている茶店を見ている。ちょうど、金持ちそうな六十過ぎの商家の旦那の姿が目に付いた。

辰吉は人の背に隠れながら、さらに近づいた。もし、財布を奪って逃げるとしたら、この間と同じように両国橋の方だと見当をつけた。辰吉は両国橋の方に体を移動させて、様子を窺《うかが》った。

銀二は辺りを見渡している。

辰吉はしゃがんで、見られないようにした。

茶店から隠居が出てきた。
銀二が動いた。
次の瞬間、隠居の体にぶつかった。
財布を掏ったところは見えなかった。しかし、掏ったに違いない。
銀二は隠居を睨みつけるように、
「気をつけろ」
というような口の動きをさせた。
銀二はこちらに向かってくる。
辰吉も間を詰める。ふたりは十歩程度の間だ。
足を踏み出して銀二を抑え込もうとしたとき、後ろからぐっと肩を引っ張られた。
辰吉は思わずよろけた。
「何しやがる！」
辰吉は振り向いた。
「おめえこそ、こんなところで何してやがる」
箱崎町の岡っ引《おかぴ》き、繁蔵だった。
五十過ぎの太った禿頭《とくとう》で、鋭い目つきをしている。繁蔵も忠次と同じ赤塚新左衛門から手札を貰っている岡っ引きだ。隣には手下の豚鼻の男もいた。

「親分、ちょっと掏摸を捕まえに」

「掏摸だと？　嘘《うそ》つくんじゃねえ」

低いがどすのきいた声だ。

「本当なんです」

辰吉は茶屋の方を向いた。

「あっ」

と、辰吉は叫んだ。

もう銀二の姿はない。

辰吉は焦りながら、辺りを見渡した。

「どこに掏摸がいるっていうんだ」

繁蔵が凄《すご》みのある顔を近づけてきた。

「すぐそこの茶屋から出て来た隠居に銀二がぶつかっていったんです」

辰吉は必死に説明して、繁蔵から逃れようとした。しかし、繁蔵は着物の肩口を強く摑《つか》んでいた。

「おめえ、相対死のことを調べているようだな」

「いえ、そうじゃありません」

「おめえの魂胆はわかっている、忠次に頼まれて、太之助が受け持った相対死にケチをつけようっていうんだろう」

繁蔵は強引な探索の仕方や、やましいことがある人間に黙って見逃すからと言って金を巻き上げることで知られている。だから、忠次はそんな繁蔵を嫌っていた。

「いいえ、本当に違うんです」

「言い訳するんじゃねえ。ごたごた言うとお前を引っ張るぞ」

辰吉は足に重みを感じた。

繁蔵が踏んでいた。

辰吉は歯を食いしばって耐えた。決して痛いとは言うまいと思った。

繁蔵は足をぐいぐい動かして、力を加えてくる。辰吉は忠次の立場を考えて相手を張り倒すことも出来ない。

「わかりました。黙って帰りますよ」

辰吉がそう言うと、繁蔵は足を離した。

「二度と変な真似するんじゃねえぞ」

繁蔵たちは去っていった。

やがて、花火が始まった。

辰吉は改めて銀二を探したが、もうすでに姿はなく、繁蔵の目に入らないように再び探し始めた。

三

六月八日の昼過ぎ、突然激しい雨が降りだした。

辰五郎が『日野屋《ひのや》』の二階の部屋から外を覗《のぞ》いてみると、城の方の空は明るかった。通り雨なのかと思った。

そんな時、四十代後半の肩幅の広い男が、手で頭を押さえながら『日野屋』に駆け込んでくるのが見えた。突然の雨で雨宿りに軒下を借りる者はよくあることで、辰五郎はそういう人たちを店の中に入らせて、茶の一杯でも差し上げるようにと番頭に言い付けていた。そのおかげか、雨宿りをしたひとが客として後日薬を買いにやって来るということも少なくはない。

階段を駆け上がる音が聞こえた。

「旦那、お客さまです」

番頭の声がした。

いまの男であろうか。辰五郎の知る顔ではなかった。

辰五郎は誰だろうと考えながら一階の店の間へ向かった。

土間にさっき見た四十代後半の肩幅の広い男が立っていた。

「『濱野屋』の清右衛門と申します」

男はいきなり頭を下げた。

『濱野屋』といえば、この間大川で相対死をしたのがここの妾《めかけ》と、橘家圓馬の弟子の志ん馬だと噂《うわさ》で聞いていた。

「何か用でしょうか」

辰五郎はきいた。

「市蔵《いちぞう》さんから親分さんのところへ行けば、力になってくれると聞きまして参りました。実は女房のことで相談がございます」

清右衛門がまじまじと言った。

「また、南八丁堀のご隠居がそんなことを」

辰五郎はため息をついた。市蔵は何かあると、辰五郎は助けになってくれるからと言っている。そのせいで、辰五郎の元に相談が持ち込まれることもあった。面倒だと思っても、市蔵は大富町《おおとみちょう》を造ったひとでもあるし、この辺りを仕切っていて、公私ともに世話になっているので無下にすることも出来ない。

「お話を聞いていただけますでしょうか」

清右衛門が身を乗り出すように頼み込んできた。

「ここでは話がしにくいでしょうから、奥へどうぞ」

辰五郎は客間に通した。

差し向かいになると、

「実は川開きの後から女房のお栄《えい》がずっと床に臥《ふ》しているんです。お医者さんに見せましても別に悪いところはないというんです。何かで悩んでいるようなんです」

と、清右衛門は暗い声で言った。

「そうですか」

「お栄が何で悩んでいるのか探り出して頂きたいのです」

清右衛門は頭を下げた。

「待って下さい。まったくお内儀さんと関係のない私がそんな心の病を治すなんて出来るはずがありません」

辰五郎は否定した。

「いいえ、心の病というよりは何か屈託があるんじゃないかと思うのですが。身内である私がいくらきいても答えてくれないのなら、まったく関係のないお方なら話してくれるのではないかと思いまして」

「そうは言っても……」

辰五郎は戸惑いながら、

「私に相談ということは、ひょっとして何か引っかかることがあるからなんですか」

と、きいた。

「実は私の妾が大川で贔屓《ひいき》にしている噺家《はなしか》と相対死をしました」

「……」

「もしかしたら、そのことが女房の悩みに関係しているのではと思います」

「そのことが？」

辰五郎は首を傾《かし》げて、

「こう言っては失礼ですが、妾が死んでお内儀さんがそれほど悲しむとは思えないのですが」

と、正直に言った。

「しかし、相対死の後、急に床に臥すようになりましたし、どう考えても他に考えられることがないんです」

清右衛門はもどかしそうに顔を歪《ゆが》めた。

「もう少し相対死の話を詳しく聞かせてください」

辰五郎は清右衛門の目をまじまじと見た。

「妾はお藤といいます。男は新介、芸名は橘家志ん馬といい、越前堀の圓馬師匠の弟子です。ちょっと、二枚目の男なんです」

辰五郎は圓馬とは岡っ引きのときからの顔馴染《かおなじ》みである。捕り物をやめてから暇が出来て、寄席に足を運ぶこともある。もしかしたら、新介のことも見たことがあるかもしれないと思った。

清右衛門は、そのまま続けた。

「その日、私は女房と両国橋に花火を見に行き、その後妾宅《しょうたく》へ赴く約束でした。お藤は私の家の一本裏にある表長屋にひとりで住んでいました。私は普段自宅の方に居て、何かあればお藤の別宅に行きますが、そこで泊るということはありませんでした。花火は五つ半までには終わり、家に帰って来たあと妾宅に行きましたが、お藤がいませんでした。近所を探してもどこにもおりません。おかしいなと思いつつも、しばらくそこで待っていました。しかし、どれだけ経っても帰ってこないんです。私は心配して手代に近所を探らせましたが、それでも見つかりませんでした」

「それで、清右衛門さんは？」

「心配でしたが、為《な》す術《すべ》がないので家に帰りました」

「お藤さんが死んでいるとわかったのはいつでしたか」

「翌日です。本所一つ目の親分の手下から、大川で相対死の女がお藤らしいから検《あらた》めて欲しいと言われ、船番屋まで付いて行くとお藤でした」

辰五郎は本所一つ目の親分というところで眉《まゆ》がぴくっと動いた。辰五郎は太之助とは仲が悪い。太之助はどこか陰気で、繁蔵と同じで弱い者いじめすることが気に入らなかった。太之助も辰五郎のことを嫌っている。

「お藤さんが志ん馬と関係があるのを気づいていましたか」

辰吉が思い切ってきいた。

「全く気づきませんでした。ただあいつは志ん馬のことが好きでよく呼んでいました。志ん馬は噺もそれなりに巧《うま》いので、てっきり芸に惚《ほ》れているのかと勘違いしていました」

ふたりは清右衛門に全く気づかれることなく、関係を続けていたのだろう。しかし、もしかしたらお栄には気づかれていたのかもしれない。そのこともあって、お栄は気を病んだ。

いや、それにしても引っ掛かる。

「では、お内儀さんが志ん馬のことを気に入っていたとか？」

辰五郎はきいた。

「いえ、うちの奴はあまり落語なんか興味がないんです。まして、圓馬師匠ならともかく、志ん馬なんか名前も知らなかったと思います」

「そうですか」

辰五郎はまた考えた。

気を病んでいる原因が妾なのか、志ん馬なのかどちらかわからない。

そもそも、本当に相対死が理由でお栄は病んでいるのかがわからない。

「ご夫婦の仲はどうでしたか」

と、辰五郎は違うところから探ってみることにした。

「仲はよかったと思いますが……」

清右衛門は間を置いた。

「お内儀さんは妾に対してどう思っていたんですか？」

辰五郎が間髪入れずにきいた。

「うちの奴が見つけて来てくれたので、気に入っていたと思います」

「お内儀さんが自ら？」

「お恥ずかしい話ですが、私が女にだらしがないので、妻が間違えがないように自ら選んだ女なのです。ですから、ふたりの間に揉《も》め事はありませんでした」

「だから、そんな近くに妾を囲っていたんですか」

「ええ、そうなんです」

「どうやって探してきたんですかね」

「何でも深川へ行ったときに、料理屋の女中で親切にしてくれて、女房が気に入ったので妾にしました。そういうわけで、女房とお藤は仲良く過ごしていたと思います」

清右衛門が答えた。

「とりあえず、お内儀さんに会ってみましょう」

辰五郎は、まず妻女のお栄に話をきかなければわからないと思った。

「では、さっそく行きましょう」

ふたりは一緒に『日野屋』を出た。

通り雨は止んでいた。

どこからか蟬《せみ》の鳴き声が聞こえてきた。

碁盤《ごばん》を持った近くの商家の隠居が、店の若い衆に縁台を出させていた。八つ（午後二時）時だった。

ふたりは足元の泥濘《ぬかるみ》に気を付けながら、真福寺橋《しんぷくじばし》を渡り、京橋、日本橋を渡って、本町《ほんちょう》の方から大伝馬町一丁目まで行った。

『濱野屋』は通りの中でも一番新しそうな店構えだった。何でも清右衛門の祖父の代から六十年近く続く店だが、一年前に建て直したばかりだという。『濱野屋』と書かれた紺暖簾《こんのれん》をくぐった。

店の中は静まり返っていて、辰五郎と清右衛門が入ると、一斉に奉公人たちが振り向いた。

「ここのところ、客が少ないんです。やはり、あの相対死の噂が響いているのでしょうか」

清右衛門は嘆きながら、

「どうぞ、奥の部屋です」

辰五郎は清右衛門に連れられて、廊下の角を曲がった先の部屋の前に立った。

「お栄」

清右衛門は声をかけた。

「はい……」

か細い声が聞こえてきた。

「入ってもいいか」

「化粧も何もしていないから酷《ひど》い顔ですよ」

「構わない。大富町の『日野屋』の旦那に来ていただいているんだ」

「え？　お客さまがいらっしゃるなんて、とてもじゃないですけどこんな恰好《かっこう》ではお会いできません」

お栄は消え入るような声で言った。

「そんなことを言っていたら、いつまで経ってもお前の病は治らない。入らせてもらうぞ」

清右衛門が襖を開けた。

お栄ははっと驚いた顔をした。

「どうぞ、こちらへ」

清右衛門は部屋に入り、辰五郎を招いた。

辰五郎は礼をして、勧められるがままお栄の枕元《まくらもと》に座った。

「私がいては話がしにくいかもしれませんので失礼します。居間におりますので、何かありましたらお知らせください」

清右衛門は引き下がった。

辰五郎は戸惑いながらも、

「こんなところで失礼致します。辰五郎と申します」

と、挨拶《あいさつ》をした。

お栄がむくりと起き上がった。化粧はしていないが、年のころは三十前後、色白で大きな澄んだ瞳《ひとみ》で、わざとらしくない妙な色気があった。

手足は何か力が加われば折れそうなくらいに細かった。

「こんな恰好ですみません」

お栄がしなやかに布団から出て正座した。

「そのままでもよろしかったのに」

辰五郎が言った。

「いえ、お客さまがいらっしゃっているのに、そんな失礼なことは出来ません」

と、さっきのか細い声とはまるで違い、はっきりしていた。

「いま清右衛門さんからお伺いしたのですが、何があったのですか？　私に出来ることがあれば何でも仰《おつしや》ってください」

辰五郎は寄り添うように言った。

「お心遣いありがとうございます。でも、本当に何もないんです」

お栄は手を畳の上に滑らせて、前のめりに言った。

「でも、何か悩むところがあるから床に臥しているのじゃないのですか」

「いえ、ちょっと体調を崩しているんです」

お栄はきっぱりと言った。

辰五郎はここまで言い切られるとどういう風に出ていいのかわからない。

とりあえず、清右衛門が考えていたように、

「お藤さんが亡くなったことで、気を病んでいるのでは？　あなたがお藤さんを探してきたと聞きましたが」

と、単刀直入にきいた。

「そうです」

「それにしても、お内儀さんが旦那の妾を探してくるなんて、どういうことなんですか」

清右衛門から聞いていたが、お栄に確かめた。

「うちのひとは方々で遊んでいるようで、変な女に引っ掛かると困るので、それならば私が気に入った女を妾にすれば素行も改まると思いまして。事実、その通りになりました」

「それほど、妾のお藤さんは出来た女だったんですか」

「ええ」

お栄が少し間を置いて答えた。

「じゃあ、その妾が亡くなったんですから、悲しみは深いでしょうね」

「もう大丈夫です。あのひとは心配性なので、いつもこうなんです。辰五郎さんにまで迷惑をおかけして申し訳ございません。もう私は元気になりましたので、その旨をあのひとにお伝えねがえますか」

お栄は頭を下げた。

辰五郎は頷かざるを得なかった。

しかし、お栄にはまだ心に何か拭《ぬぐ》いきれないものがあるようで、それが顔に表れていた。いくら自分が選んだ女が死んだからと言って、それだけではないような気がした。

「辰五郎さん、本当にご足労おかけいたしました」

お栄は付け加えた。

「では、私はここらで失礼します」

と、辰五郎は部屋を出て、居間に向かった。

襖は開いていた。

「清右衛門さん」

辰五郎は声をかけて中に入った。

「何かわかりましたか」

「いいえ。でも、お内儀さんはもう元気になったと仰っています。どこか無理しているように思えますが、これ以上きいても無駄なようでした」

「やはり、答えてくれませんでしたか」

清右衛門はどこか一点を見つめて考えるように言った。

「お藤さんの死のことがもっと詳しくわかれば、もしかしたらお内儀さんの悩みというのもわかるかもしれません。それを調べてみます」

辰五郎はそう言って、本所に行く決意をした。

四

大川に夕日が反射して煌《きら》めいていた。

辰五郎は手を目の上にかざしながら大川を見ていた。川開きの時ほどではないが大川に大小たくさんの船が浮かべられていた。

辰五郎はおやっと思った。

三人の風体の悪い男たちを乗せた猪牙《ちょき》舟《ぶね》が、混雑したなかをかいくぐって来るのが見えた。

やがて、猪牙舟はある屋形船の横にぴたりと止まり、三人が銅鑼《どら》を手に持ち、いきなりドンドンと叩《たた》き出した。

その喧騒《けんそう》は両国橋の上にいる辰五郎の耳にも響いた。

やがて、屋形船から眉を八の字にした手代風の男が出てきて、金をいくらか渡していた。すると、猪牙舟は去っていき、他《ほか》の屋形船に近づいていった。

俗に言うあやかし船だ。

金が少なければ退散しないでずっと騒ぎ続ける。

辰五郎は岡っ引きであれば注意しているが、いまは退いたので何も出来ない。そうでなくても、あやかし船の者たちを止めさせるのは難しい。

「わざとやっているんじゃありません。楽しく宴会していて騒いで何が悪いんですか」

と言われては、何も言い返すことが出来ない。

そこのところを上手《うま》く付け込んでいるのが許せない。

辰五郎は岡っ引きの血が騒いだ。

しかし、苛立《いらだ》つ気持ちを抑えながら、あやかし船を睨みつけて両国橋を渡った。

ふと、河岸の水茶屋の外の席に腰を掛けているふたりの男が目に入った。

本所一つ目の親分こと太之助と、その手下で狸《たぬき》顔の男であった。太之助は自分が岡っ引きだったころからよく知っている男だ。繁蔵と仲が良く、同じ匂《にお》いがする岡っ引きだ。

辰五郎はちょうどいいところで出くわしたと思い、ふたりに近づいた。

ふたりは何やら笑みを浮かべて話していたが、辰五郎が来たのに狸顔が気付くと太之助の袖を引いた。

太之助は顔をこっちに向けて、露骨に顔を歪めた。

辰五郎はふたりの目の前に立ち、

「相対死を調べたのはお前さんだってな」

と、話しかけた。

「なんだ出し抜けに」

太之助は警戒気味に言った。

水茶屋の茶《ちゃ》汲《く》み女が出てきて、「お席に座られますか」と辰五郎にきいた。

ちょうど太之助の隣の席が空いていた。

「ここでもいいか」

辰五郎はその席を指した。

「もちろんでございます」

茶汲み女は笑顔で言った。

辰五郎は腰を下ろして、茶を頼んだ。

「その時の話をちょっと聞きたいんだが」

辰五郎は出来るだけ穏やかに口を開いた。

太之助の表情は依然として変わらない。

「まさか、俺の調べにケチをつけようっていうんじゃねえだろうな?」

太之助は目を剝《む》いた。

「そんなんじゃない」

辰五郎は、太之助がなぜそこまでむきになるのか不思議に思った。

茶汲み女が茶と水菓子を運んできた。

太之助は急に立ち上がり、

「いくぞ」

と、狸顔に言い付けた。

「へい」

狸顔はびくびくするような目で辰五郎を見ながら、二人分の代金を置いて相生町《あいおいちょう》の方へ歩いて行った。

この男に聞いても無駄だということに、今さらながら気が付いた。昔から辰五郎のことを僻《ひが》んでいた。暮らしに不自由をしないで、悠々自適に暮らしている岡っ引きが気に入らないのだろう。

太之助たちが座っていたところに、若い男女がやって来た。

「ここ空いていますか？」

男がきいた。

「はい。すぐに片付けますんで」

若い茶汲み女が盆を持ってやって来た。湯呑《ゆのみ》や皿を盆にのせて、奥に行こうとした。

「ちょっといいか」

辰五郎は茶汲み女を呼び止めた。

「はい、他にご注文でも？」

「いや、そうじゃねえ。ちょっとききたいことがあるんだ」

辰五郎はそう言ったが、店にはもう一人給仕する年増の女がいて、忙しそうにしていた。

迷惑だなと気が付いた。

「やっぱり、忙しそうだから手が空いたときでいい」

「いいえ、平気です。さっき、大川の相対死とか仰っていましたけど」

「聞こえていたのか」

「ええ、すみません」

茶汲み女は顔を少し赤くしながら、頭を下げた。

奥で年増の女が不機嫌そうに茶汲み女の背中を睨みつけていた。

辰五郎は本当に大丈夫だろうかと思ったが、

「大川の相対死のときのことを知っているか」

と、さっそく切り出した。

「この辺りではかなり騒ぎになっていましたし、ここから大川も見えるので知っています。花火大会のとき、一艘《そう》の小さな屋根船が上流から波に乗ってゆらゆらと流れてきたんです。船頭の姿も見えませんし、屋根船の中に誰もいる気配はないんです。その船は大川の真ん中あたりに流されていきました。しかし、花火が終わってからしばらくすると、またこっちの方へやってきました。その時に、たしか一つ目の親分が見つけて、おんぼろの小さな屋根船を検めたんだと思います」

茶汲み女は息をついた。

「おんぼろの小さな屋根船はどこのものなんだ」

「『船徳』です」

「それはどこにある？」

「尾上町の河岸にあります。大きい舟宿なので、すぐにわかると思います」

茶汲み女は言った。

店には次々と客が入ってきたが、席が埋まっているので年増の茶汲み女が断っていた。

辰五郎は迷惑になると思い、代金と余分な銭を置いて茶店を出た。


回向院の鐘が暮れ六つ（午後六時）を告げた。

両国橋東詰にも屋台や見世物小屋などが出されて、人も増えて来た。両国橋の上には花火の見物客が押し合っていた。

辰五郎は大川沿いを歩き、尾上町へ行った。

表通りの角にある二階建ての大きな店に、『船徳』という看板が掛けられていた。

戸を開けて中に入ると、背の低い三十過ぎの番頭が座っていた。

「あ、いらっしゃいまし」

番頭は何か考えごとをしていたらしく、はっと驚くような顔をした。

「大富町の辰五郎というんだが」

「あの岡っ引きの！」

番頭がすかさず反応した。

「知っているのか？」

「ええ、ここらでは有名ですよ」

意外なことを言う。

この辺りは太之助の受け持ちなので、辰五郎のことは知らないはずだ。

「どうして、俺のことを知っているんだ」

「だって、うちのところの親分はちょっと人気がないですし、やっぱり情に厚くて、粋《いき》でいなせな親分に皆未《いま》だに憧《あこが》れているんですよ」

番頭は自分のことのように嬉しそうに言った。

辰五郎は軽く笑った。

「それより、川開きの時のことできたいことがあるんだ」

「すると、あの相対死のことですか」

番頭が恐る恐るきいた。

「そうだ。ここの屋根船が使われていたみたいだな」

辰五郎は確かめた。

「ええ、古くなったものを盗まれたんです。うちの船頭が太之助親分に頼まれて舟を出して発見したんです」

番頭は言った。

「その船頭はいるか」

辰五郎はきいた。

「今日は早番だったので、さっき戻ってきたところです」

「会わせてくれ」

「まだ帰っていなければいいのですが」

番頭は急いで立ち上がり、奥に駆けて行った。

すぐに、『船徳』の半纏《はんてん》を着た日焼けした小さな顔の男がやって来た。

「お前さんが太之助を屋根船まで案内したのか」

辰五郎はきいた。

「ええ」

船頭は張りのある声で答えた。

「すぐに相対死だと気付いたか」

「近づくと横たわっているのは見えましたが、屋根があるので殺されているかどうかはわかりませんでした」

「書き置きは？」

「見かけませんでした」

「書き置きがない？　相対死だという確固たる物があったのか」

「いいえ、ただ男女が重なり合って死んでいて、見た感じで相対死だと思いました」

船頭はあっさり言った。

書き置きなど相対死と決めつけられるようなものがない限り、他殺ということも考えて探索しなければならないだろう。

しかし、清右衛門は相対死だと言っていた。太之助が清右衛門に対して相対死だと決めつけたのだろう。

だとすれば、その根拠はどこにあるのか。

だんだん辺りは暗くなってきた。

花火が打ち上げられているが、川開きの時ほどではない。両国橋の上にもそれほど見物客は多くなかった。むしろ、屋台や呑み屋に屯《たむろ》している者たちが多かった。

両国橋から少し離れた相生町一丁目でも人は多かった。

辰五郎は太之助が女房に任せている店を探した。さっき逃げられたので、話をきけなかった。住まいにまで押しかけてでも話をききたいと思った。

記憶では、店は相生橋の近くのはずだ。

店先に小料理と書かれた行灯の前で立ち止まった。

紺色に『たの屋《や》』と白い字で書かれた水引暖簾が軒先に張ってあった。

辰五郎は暖簾をくぐった。

左手に床几《しょうぎ》があり、右手は小上がりになっていた。

店内は客で埋め尽くされていた。

三十過ぎのすきっ歯の女将《おかみ》が忙しそうに出てきた。「いらっしゃい」の一言もなく、もう満席だと言わんばかりに不愛想に首を横に振っている。これでも、若い頃は吉原にいて、太之助が身請けしたらしい。

「太之助はいるかい？」

辰五郎が自然とぶっきら棒にきいた。

「いるけど。あんた誰なんだい」

「辰五郎だ」

「辰五郎……」

女将が嫌そうな顔をした。

「呼んできてくれないか」

それでも、辰五郎は平然と頼んだ。

「何の用だい」

「俺が来たって太之助に言えば察しがつくだろう」

「そうかい」

女将は不満そうな顔をしたが、

「ちょっと待ってな」

とため息をついて、簾《すだれ》の奥に向かった。

奥から夫婦の言い合う声が聞こえてきた。

しばらくして、女将が戻ってきた。

「会えないってさ」

「具合が悪いそうだ」

「ちょっとでいいから話をきかせてほしいと言ってくれ」

「それも出来ないみたいだよ」

女将は面倒くさそうに言った。

辰五郎も考えて、

「じゃあ、ここで待たせてもらうよ」

「席がないんだ」

女将は呆《あき》れたように言った。

その時、ちょうど奥の床几の二人連れが立ち上がり、

「代金はここに置いて行くよ」

と、床几にいくらか置いて店を出て行った。

「あそこは空くんだろう?」

辰五郎はその床几を指した。

「……」

「じゃあ、そこで待つから、適当に用意してくれ」

辰五郎は床几に腰を下ろした。

こうでもしない限り、ずっとはぐらかされてしまいそうだ。

それから茄子《なす》の古漬けや鮎《あゆ》の塩焼きなどが運ばれてきた。辰五郎は酒を飲まずに、少しずつつまみながら太之助が現れるのを待っていた。

しかし、食べ物は半刻(一時間)もすればなくなってしまった。腹が溜《た》まって来たのでこれ以上は食えない。

さすがに酒がないのに粘るのは厳しい。

「何か呑まないのかい」

と、女将がちょこちょこ様子を窺いにきた。

「いや、平気だ」

辰五郎はその都度答えた。

「まだいるなら、何か注文しな」

そのうち、女将が不機嫌そうに言った。

残っている者は辰五郎だけとなっていた。

「じゃあ、酒を持ってきてくれ」

「はいよ」

女将は奥に行った。その時に、また太之助と言い合う声が聞こえた。

辰五郎は耳を澄ませたが、よく聞こえなかった。

しばらくして、女将が戻ってきた。

ただ酒を取りに行くだけにしては随分かかっていた。

「辰五郎さん、すまないけどもう酒もないんだ。今日は帰っておくれ」

女将は箒《ほうき》と塵取《ちりと》りを持って掃除をし始めた。

わざと辰五郎の周りに来て、埃《ほこり》がたつように箒を地面に叩きつけるように動かしているふうにも見えた。

「じゃあ、また来るから太之助にはそう伝えておいてくれ」

辰五郎はそう言って、勘定を済ませた。

五

翌朝、辰五郎はいつもより少しだけ目が覚めるのが遅かった。昨夜、大富町に戻ってきたのも夜四つ半（午後十一時）を過ぎていたし、それからもお栄の悩みごとについて考えていたので眠ったのが日を越していた。

まだ眠気があった。

辰五郎は八丁堀の赤塚の屋敷へ訪れた。

赤塚は髪結いに、髪と髭《ひげ》を当たってもらっているところだった。

辰五郎は庭先で終わるのを待った。

「お疲れさまでした」

髪結いは肩の手ぬぐいを取って言った。

「ご苦労」

髪結いが引き上げたあと、赤塚は辰五郎に気がついた。

「珍しいな」

「ちょっと、ききたいことがありまして」

「なんだ」

「川開きのときの相対死の件ですけど」

「あれは同心の山村殿の受け持ちだ」

「そこで、旦那が知っている限りで教えてください。相対死の決め手はなんですか」

「ふたりが繋《つな》がっていたことと、男の方に百両もいる事情があって、道ならぬ恋の末だろうということになった。一番の決め手は書き置きだ」

「書き置きの件ですが、船頭は書き置きを見なかったと言っていたのですが」

「いや、そこまで知らないが、書き置きの件は山村殿に確かめてみよう」

「旦那、お願いします」

辰五郎は頭を下げ、

「朝早くお騒がせしました」

「辰吉とはどうだ」

「ええ、お陰様で。お忙しいから失礼します」

辰五郎は引き上げた。

辰五郎が大富町の『日野屋』に帰ると、

「お父《とっ》つあん、今朝早くからどこへ行っていたの。夕べも遅かったみたいなのに」

凜がきいた。

「今朝は八丁堀へ行ってきた」

「八丁堀へ？　もう岡っ引きじゃないんだし無茶しないでよね」

凜が半ば呆れたように言った。

「そう心配しないでも平気だ」

「何が平気なのよ」

凜が強い言い方をした。

「本当に平気だ。調べていることだって、大したことじゃない」

「じゃあ、どんなことなの？」

「あるお内儀さんに悩みがあるらしいんだが、旦那にも話してくれないらしく、その原因を探るだけだ」

「でも、その悩みが人殺しとか物騒なことに繋がっていなければいいけど」

「いや、そんなことはない」

辰五郎は笑ってごまかすように言った。

しかし、凜は鋭い目つきで辰五郎を見た。なぜ、凜はいつも以上にくどく心配するのだろうと思った。

「それより、昨日は朝早くからどこか出かけていたみたいだな」

辰五郎は話題を変えた。

「三味線の会で下谷《したや》に行っていたの。その前に師匠のところでお稽古をつけてもらっていたの。それで、下谷神社の近くの神社に行ったら変な物をみたの」

凜はおそろしい顔をした。

「なんだい」

辰五郎はきいた。

「神社の奥の小さな祠《ほこら》に馬の絵が逆さになっている絵馬が掛かっていて、それを見ると大富町の辰五郎という字の上に大きな二本線が引いてあってびっくりしたの。後で聞いたらそこの神社は人を呪《のろ》ったり、この世から消したりしてくれる逆さ絵馬という風習があるんですって。だから、お父つあんのことが書かれていたんで心配で」

「まあ、俺のことを恨んでいる奴は多いだろう。俺が捕まえたことで牢《ろう》に入れられた奴も大勢いる」

「でも、一番上にあった絵馬を見たから、最近書かれたものよ」

誰が書いたのだろう。

辰五郎は迷信を信じなかったが、薄気味悪い。

「何て神社なんだ」

「名前は忘れたけど、とにかく下谷神社のすぐ近くの小さな神社よ。鳥居が黒ずんでいて、汚らしいところ」

「ふうん。そうか」

辰五郎は適当に流しておいた。

だが、それからしばらく経って、自分の名前が逆さ絵馬に書かれていたことがやはり気になって、『日野屋』を出た。逆さ絵馬というのは初めて知った。

楓川から江戸橋を渡り、伊勢町堀を通って、辰吉の住んでいる通油町を抜けて、筋《すじ》違御門《かいごもん》の方へ出て、御成街道《おなりかいどう》を進んだ。

御徒町《おかちまち》の武家屋敷、上野《うえの》の寺々を通り過ぎて、すぐに下谷神社が見えた。

その奥に茂みのあるところがあった。進んでみると、黒ずんだ鳥居が見えた。

人気はまったくない。

辰五郎は鳥居をくぐった。袖切《そでき》神社と名前が書かれていた。

すぐに社殿があって、その奥の祠には馬の絵が逆さになった絵馬が掛けられていた。

自分の名前が書いてあり、二本線が上から引いてあった。

筆圧が弱い角文字で書かれていた。

辰五郎はその字をよく見た。

どこかで見たような筆跡だったが、思い出すことが出来ない。

絵馬を一つずつめくってみた。その中で、ひとつ目にとまった。

「妾のお藤」

左払いの長い、右上がりの丸文字で書かれていた。やはり、二本線が引かれていた。

辰五郎は、おやと思った。

藤という名前はたくさんいるだろうし、妾の中にもいるかもしれない。しかし、ここに書かれている藤は、もしかして相対死のお藤ではないかと思った。

そうすると、これを書いたのは誰だろうか。

まさか、お栄ではないか。

辰五郎は絵馬を取って懐にしまった。

その時、後ろから足音がした。

振り向くと、三十過ぎの背の高いおでこが飛び出た男がいた。辰五郎と目が合うと、気まずそうに顔を背けた。

「ちょっとききたいことがあるんだが」

辰五郎は声をかけた。

ここの神社がどういうものなのかきこうと思った。

しかし、男は何も答えずに去っていった。

ちょうど社務所から白袴《しろばかま》の神主らしい男が出てきたので、辰五郎は近づいて声をかけた。

「ちょっと、お尋ねしますが、この逆さ絵馬の由来を教えて頂けますか」

「ここは縁切り神社なのですが、縁を切りたいことを逆さ絵馬に書くと願いが叶《かな》うんです。願いが叶ったら、ひと月以内にお礼参りをしないと罰が当たるのです。しかし、いつしか呪い殺すことも出来るという噂が広まりましてね……」

神主は困った顔をした。

「すみません」

後ろから声がした。

振り向くと女のひとがいて、

「お詫《わ》びに参ったのですが、どうすればよろしいのですか」

と、言っていた。

「二礼二拍手一礼をして、心の中でお詫びをすればよろしいですよ」

神主が教えた。

女は頭を下げて、社殿の前に行った。

「お詫びというのは？」

辰五郎はきいた。

「間違えて逆さ絵馬に名前を書いたり、やはり気持ちが変わった場合には、お詫びということをすればなかったことにしてくれるんです」

「なるほど」

辰五郎はよく出来た仕組みだと思いながら、神社を後にした。

辰五郎が『濱野屋』に着いたのは昼過ぎであった。傘を差すほどでないが、雨がちらついていた。

土間に入ると、すぐに三十過ぎの番頭が辰五郎に気が付いた。

「奥にどうぞ」

辰五郎は客間に通された。

清右衛門はすぐにやって来て、差し向かいになった。

「親分、何かわかりましたか」

「ちょっと、確かめたいことがあるんです」

辰五郎は懐にしまった絵馬の文字をちらっと見て、

「お内儀さんが書かれた手紙などはございますか」

と、きいた。

「手紙ですか」

清右衛門はなぜそのようなことをきくのだろうと不思議そうな顔をした。

「お内儀さんの文字が書かれていたら、どんなものでも構いません」

と、辰五郎が言った。

清右衛門は立ち上がり、一度部屋を出てからまたすぐに戻ってきた。

手には短冊がある。

「この間の句会でお栄が詠んだものです」

と、清右衛門は渡してきた。

辰五郎は両手で受け取り、文字をたしかめた。

妾のお藤と書かれた絵馬の文字と似ている。左払いが長い、右上がりの丸文字だ。

辰五郎はこの文字を見た瞬間、様々なことが頭の中を巡った。

もしや、お藤がいなくなったのはお栄が逆さ絵馬に書いたからだろうか。いや、そんな迷信は信じられない。

だとすると、お栄がお藤を……。

「どうなさいましたか」

清右衛門が顔を覗き込んできいた。

「いや、ちょっと」

辰五郎は口ごもり、

「もう一度お内儀さんに会わせて頂けますか」

と、きいた。

「ええ、またこの前の部屋にいます」

清右衛門が立ち上がり廊下を進んだ。辰五郎も付いて行った。

「お栄や、辰五郎さんが来たよ」

襖の前で清右衛門が声をかけた。

「はい……」

部屋の中からか細い声が聞こえた。

清右衛門が襖を開けてくれた。

お栄が畳の上で畏《かしこ》まっていた。

「お内儀さんとふたりだけでお話ししたいので」

「わかりました」

清右衛門は気を利かせて、廊下を戻って行った。

辰五郎は襖を閉めると、差し向かいになった。

「もう元気になりましたから、結構ですのに」

お栄が顔を俯《うつむ》けた。

「これをご覧ください」

辰五郎はそう言って、懐から逆さ絵馬を取り出した。

「あっ」

お栄の声がうわずった。

「これはお栄さんが書かれたものですね」

「……」

「先ほど、清右衛門さんに頼んであなたの筆跡を見させていただきましたが、非常によく似ていました」

「あ、あの」

お栄が声をかけた。

「なんです？」

辰五郎は優しくきいた。

「うちのひとはこのことを……」

「いえ、言っていません」

「そうですか」

お栄はため息をついた。

「お栄さんはお藤さんをこの世から消したいほど恨んでいたんですか」

辰五郎が鋭い目つきをした。

「いえ、ほんの出来心で」

お栄がぽつんと言った。

「出来心で？」

「はい。本当に消えて欲しいと思っていたわけではございません。ただ、近ごろお藤は他に好きな男がいるような感じがして、もしその男とただならぬ関係があれば、うちのひとの面目が潰《つぶ》れてしまいます。それで、少し腹立たしく思って、逆さ絵馬をほんの冗談のつもりで書いたのですが……」

お栄は身を震わせた。

「しかし、あなたが逆さ絵馬を書いたから相対死をしたとは限りませんよ」

「でも、私が書いた数日後に死んでいたんです。こんな偶然あるのかと」

「偶々《たまたま》のような気もしますが」

「しかし、逆さ絵馬にはただ願いを叶えてくれるだけではなくて、願いが叶ったらひと月以内にお礼参りに行かなければならないんです。そうしないと、書いた本人に罰が当たるというそうなんです」

お栄は恐ろしい顔をした。

「うーん」

辰五郎は腕を組んで考えた。

迷信を信じないことに変わりはない。お栄が逆さ絵馬を書いたからふたりが相対死をしたとは考えられない。おそらく、偶然だろう。しかし、お栄はそう思い込んでいる。どうやって、その思い込みを解こうか。

「もし、私がお札を収めに行けば、お栄を殺したのは私ということになります。だからと言って、神社に行かないで私や家族の身に何か災いが降りかかるのも恐ろしいんです。どうすればいいでしょうか」

お栄は縋《すが》るようにきいた。

「一度、一緒に袖切神社へお詫びに行ってみましょう」

「お詫び？」

「間違って名前を書いたり、気持ちが変わった場合にはお詫びをすればなかったことにしてくれるんです」

「えっ、そんなことがあるのですか」

「はい」

「逆さ絵馬の通りになってしまいましたけど、それでも許していただけるのでしょうか」

「それでも平気だそうです」

辰五郎は頷いた。

お栄の顔が少し柔らかくなっていくような気がした。

第三章　飯盛り女

一

辰吉はいつものように明け六つ（午前六時）に起きた。体に汗が滲《にじ》んでいた。連日暑い夜が続いている。

六月も中旬である。

掏摸《すり》の被害は増えている。両国広小路が一番多く被害を出しているが、浅草奥山《おくやま》や芝増上寺《しばぞうじょうじ》などにも掏摸が出没している。同心や岡《おか》っ引《ぴ》きたちも手をこまねいていた。

全《すべ》てが銀二の仕業とは言えないが、川開きのときに銀二を逃がしてしまったことが悔やまれてならない。また別の日にもし繁蔵さえ邪魔しなければ捕まえることが出来たと思うと、繁蔵に対する怒りも溜《た》まっていた。繁蔵はわざと邪魔しているように思えてしまう。そんなに辰五郎の倅《せがれ》というのが憎いのだろうか。

辰吉はそんなことを考えながら、昨日の残り物の焼き魚と漬物で朝飯を済ませて路地に出た。

住人の男たちが仕事に出掛けて行く。

隣のおすみが戸を開けて出てきた。

「辰吉さん、最近早いのね」

「まあな」

辰吉は曖昧《あいまい》に答えて、長屋木戸を出た。

鉄砲町の裏路地に向かった。

いま五つ（午前八時）である。

辰吉はすぐに鉄砲町に着いた。長屋の住人はもうすでに出かけたようで静かだった。

十日ばかり前に、とば口から銀二が出てきた。銀二はおりくという女の家に出入りしているようだ。それから、何度か朝に見張りに来ているが、銀二は一向に現れなかった。

辰吉は木戸口をくぐって、おりくの家の前に立った。周りには誰《だれ》もいなかった。格子窓に耳を澄ませてみると家の中から話し声が聞こえた。

「もうちょっといればいいのに」

家の中から女の声が聞こえてきた。

「これから仕事なんだ」

男の声が答えた。

「久しぶりに会いに来てくれたと思ったら朝早く帰るなんてつれないじゃないの」

「こればかりは仕方がねえ。忙しい合間を縫って来ているんだから我慢してくれ」

「まあ、そうだけど」

女は不満そうな声で言った。

「じゃあ、またな」

「ねえ、待って。今度いつ来てくれるの」

「仕事が落ち着いたら来るな」

「ねえ、お前さん、いったい何の仕事をしているんだい」

「いつも言っているだろう。大工だ」

「本当なの？　今度、仕事しているところを見せてくれよ」

「まあ、そのうちな」

「そうやってはぐらかす。本当にお前さんがよくわからないわ。どこに住んでいるのかも教えてくれないし」

「四谷《よつや》だと言っているだろう」

「四谷のどこよ」

「……」

「今度連れて行っておくれよ」

「わかったよ」

男は迷惑そうに答えて、

「じゃあ、そろそろ行くぞ」

と、女に別れを告げた。

辰吉は急いで木戸を抜けた。道端の柳の陰から様子を窺《うかが》った。

銀二が出てきて、左右を見渡した。それから、小伝馬町《こでんまちよう》一丁目の方へ歩いて行った。

辰吉は後を付けた。

小伝馬町を抜けて、鞍掛橋《くらかけばし》を渡る手前で銀二が立ち止まった。橋の向こうから商家のお内儀風の女が歩いて来た。

でっぷり太っていて、派手に着飾っている女だった。

銀二は再び歩き出した。

辰吉は、はっとした。

銀二の様子を窺った。

橋の真ん中あたりで、銀二はお内儀にぶつかった。

お内儀は迷惑そうな顔を向けたが、銀二はそのまま歩いて行った。

辰吉は内儀に近づき、

「財布はあるか」

と、小声できいた。

「えっ？」

「財布だ」

辰吉は胸元を指した。

内儀は慌てて懐を確かめた。

「あっ」

内儀が叫んだ。

その声で銀二が振り向いた。

辰吉と目が合った。

いきなり、銀二が駆け出した。

「待ちやがれ！」

辰吉は追いかけた。

銀二は角を右に折れた。辰吉も後から曲がった。

通りには大八車を引いた男や、風呂敷《ふろしき》を担いだ行商人、ぼて振りなどが歩いていた。

銀二の姿はなかった。

急いで、向かいから来る行商人に声をかけた。

「いま男が走って来なかったか」

「いや、見てないな」

行商人が答えた。

辰吉は焦って、辺りを見渡した。

少し先に湯屋があった。入り口はふたつあり、紺の暖簾《のれん》に男湯と女湯の文字が書かれている。

（ここかもしれない）

辰吉は見当をつけて、男湯の暖簾をくぐった。

入ってすぐのところに番台があり、湯銭を六文払った。

すぐに板敷の脱衣所である。そのまま仕切りもなく、奥が洗い場となっている。脱衣所の端に二階へ続く階段があった。

辰吉は上がった。

朝方だから人は少なかったが、それでも朝湯好きの男たちが屯《たむろ》していた。碁《ご》を打っていたり、寝転んでいたり、女湯を覗《のぞ》いていたりと楽しんでいた。

辺りを見渡すと、銀二の姿があった。

銀二は女湯を覗いている隠居風の年寄りに声をかけていた。

「誰かいい女でもいるんですか」

「あの女だ」

「綺麗《きれい》な体していますね。あれは素人《しろうと》じゃありませんね」

「常磐津《ときわず》の師匠だよ。いつも朝に来るんだ」

「へえ、旦那《だんな》も若いですね」

銀二が冗談を言って、ふたりは笑い合った。

「銀二！」

辰吉は叫んだ。

「あっ」

銀二は慌てて立ち上がり逃げようとした。

辰吉は銀二に飛び掛かった。襟もとを摑《つか》み、銀二に足を掛けた。

銀二は床に倒れた。

「もう逃がさねえ」

辰吉は押さえ込んだ。

「放せ！」

銀二が振り払おうとした。

「どうしたんだ」

周りにいる者たちが驚いてきいた。

「こいつは掏摸だ」

「え、なんだって」

女湯を覗いていた年寄りが声を上げた。

銀二は思い切り辰吉の脛《すね》を蹴《け》った。身軽な見た目とは違い、力強い蹴りだった。辰吉は思わずよろけた。

銀二は辰吉の手を剝《は》がすと、階段に向かった。

「待て！」

辰吉は追いかけた。

銀二は階段を駆け下りた。

辰吉も続いた。

一階へ降りると、銀二は脱衣所から洗い場へ走って行った。

木の香がして、磨き込まれた床だった。湯気が立ちこもり、姿はぼやけた。

辰吉は足を滑らせないように注意を払いながらも小走りで追いかけた。

洗い場の奥には富士山の絵が描《か》かれた柘榴口《ざくろぐち》が見える。脇《わき》には湯汲《ゆく》み口がある。銀二は隣の扉を開けて飛び込んだ。

すぐに扉は勢いよく閉められた。

辰吉は扉に手をかけた。

しかし、扉は開かない。棒をつかえさせたのだろう。

ガタガタと揺すったが、扉は動かなかった。

「ちくしょう」

辰吉は洗い場から脱衣所に戻り、湯屋を出て行った。

「ちょっと、あんたは何なんだい」

と、番台の男にきかれたが、言葉は返さなかった。

あの扉の奥には湯釜《ゆがま》があり、奥へ抜けられる扉があるに違いない。

辰吉は一本裏の通りへ向かい、辺りを見渡した。

しかし、銀二の姿は見えなくなっていた。

湯屋の半纏《はんてん》を着た男がいた。

「いま誰か出てこなかったか」

「なんか中から飛び出してきて、あっちの方へ走って行きましたよ」

と、男が郡代《ぐんだい》屋敷を指した。

辰吉は急いでその方角へ向かった。

途中、初音《はつね》の馬場の脇を通った。若い武士が乗馬の稽古《けいこ》をしていた。しかし、銀二の姿は見つからない。

（また逃がしちまった……）

心の中で嘆いた。

それでも、諦《あきら》めずに郡代屋敷から柳原《やなぎわら》通りまで出てみたが、結局銀二は見つからなかった。

その日の昼過ぎ、辰吉は両国広小路に向かった。

忠次とは両国橋の袂《たもと》で出くわした。

「親分、さっき銀二が掏《す》ったところを見たのですが、逃がしちまいました」

辰吉は悔しさをにじませながら言った。

「また銀二がやったのか」

「ええ、鞍掛橋で……」

と、辰吉は鉄砲町から付けて馬喰町《ばくろちょう》の湯屋で捕まえようとした詳しい経緯《いきさつ》を説明した。

「今日はもう出てこないかもしれねえな」

忠次が呟《つぶや》いた。

「じゃあ、どうしましょう」

辰吉がきいた。

「あいつの住まいを調べよう。鉄砲町ではないいんだな」

「ええ、おりくという女が住んでいるだけです」

辰吉はそう答えながら、銀二とおりくの話していることを思い出した。おりくは銀二の住まいも知らなければ、職業もわからないようだ。

銀二が教えていないということは、おりくのことは何かで利用しているだけなのだろうか。

「おりくは銀二が掏摸だということを知らないようです」

辰吉は言った。

「念のために、おりくにも話をきいて来い」

「構いませんけど、あっしは以前一度おりくと話しているんです。もう一度あっしが行っても変に疑われませんかね」

「もう俺《おれ》の手下だと名乗ればいい」

　忠次が言った。

「わかりました」

「俺は他の掏摸仲間に当たって銀二の住まいを探す。ただ、あいつは仲間とつるまないで一人でやっているみたいだからな」

　忠次が口元を歪《ゆが》めた。

「そうだ。銀二は四谷の方だと言っていました」

　辰吉は思い出した。

「四谷か」

「でも、本当かどうかわかりません」

「おりくが聞いたことだ。念のために探してみる」

「お願いします。とりあえず、あっしは鉄砲町に行きます」

「八つ半（午後三時）に『一柳』へ来い」

と思っていた。


「はい」

辰吉はさっそく向かった。もう銀二は鉄砲町のおりくの家には顔を見せないだろう

辰吉は鉄砲町の裏長屋に戻ってきた。長屋の女房たちが井戸端で洗濯したり、物干し竿《ざお》に洗濯物を干している者もいた。みんな、楽しそうに話していて、辰吉が入って来たのに気が付かないようだった。

その女たちの傍《そば》で、子どもたちが遊んでいた。

「あっ、この間の」

辰吉を見るなり、大人びた男の子が指を差した。

「よう」

辰吉は手をあげた。

「また間違えたの？」

「いや、おりくさんに話があるんだ」

「おりくさんに？」

男の子は不思議そうな顔をしている。

「この間、おりくさんの家から出てきた男がいたな。あれは誰なんだい」

「男のひと？　銀二さんのことかな」

男の子はこめかみに手を当てて考えていたが、ふと思い出したように言った。

「銀二さん？　どんなひとだ」

辰吉は知らない振りをした。

「おりくさんのいい人だよ。もしかして、お兄さんもおりくさんのことを狙《ねら》っているのかい」

男の子はにやついた。

「いや」

辰吉は首を微《かす》かに横に振った。

「もしおりくさんを狙っているなら無駄だよ。もう銀二さんにべたぼれだから」

男の子はませた口調で言った。

「ふうん」

辰吉は興味なさそうに返事して、とば口の家の腰高障子《こしだかしょうじ》を叩《たた》いた。

「はあい」

高い声が聞こえた。

しばらくして、おりくが戸を開けた。

「この前の……」

おりくは不審そうな顔をした。

「俺は辰吉って者だ」

と、名乗った。

「何か？」

おりくは戸惑ったようにきいた。

「あんたは銀二とどういう関係なんだ」

辰吉がいきなりきいた。

「何でそんなことをきくの」

おりくは顔をしかめた。

「銀二のことが知りたいんだ」

「お前さん、何者なんだい」

「『一柳』の忠次親分の手下だ」

「……」

「銀二とはいつもここで会っているのか」

「そうよ」

「どこで知り合ったんだ」

「舟宿の客よ」

「お前さんは舟宿で働いているのか」

「そう、柳橋《やなぎばし》」

辰吉は言うかどうか迷ったが、

「あいつは掏摸だ」

と、告げた。

「え……」

おりくは顔色を変えた。

「俺たちがずっと追っているんだ」

「あのひとは大工とか言っていたけど……」

「それを信じているのか」

「職人には見えなかったし、お金には不自由していないようだったので変だとは思ったんだけど、まさか……」

「銀二はたまにしかここに来ないけど、それ以外はどうしているんだ」

辰吉がきいた。

おりくは何かを言おうとして口を開いたが、顔を俯《うつむ》けた。

辰吉はおりくが話し出すまで待った。

おりくはため息をついてから、顔を上げた。

「あのひとは怪しかったわ。前にたまたま浅草奥山で出くわしたの。その時に他の女がいて、後で問いただしたら妹だと言っていた。それから、別の日に芝増上寺の近くで長屋から出て来るあのひとを見たわ。その時にはまた違う女と一緒だった。きっと、方々に女がいるのね。その女たちのところを泊り歩いているのよ」

おりくが決めつけるように言って、

「そういえば、前に柳橋の屋形船から出て来るあのひとを見かけたの。どうしたのって聞いたら、ちょっと眠くなったから勝手に借りたって言っていたんだけど、もしかしたら女たちのところに泊れない時は、そこに住んでいるのじゃないかしら」

と、続けた。

辰吉はおりくの目をじっと見つめたが、涙はなかった。

嫉妬《しっと》に満ちた目をしていた。

「その女たちに心当たりがあるか」

辰吉はきいた。

「いいえ、わからないわ」

「他に親しいひとは？」

「そういえば、友達が最近亡くなったみたい。そのことで悩んでいたみたい」

「どんな友達だ」

「知らないわ」

おりくは首を横に振った。

「銀二さん捕まったらどうなるの」

「初めてだから、大した罪にはならねえ。もっと掏摸を重ねると罪は重くなるから、早いところ捕まった方が本人のためだ」

掏摸は三度までは罪は軽いが、四度目には死罪である。

「じゃあ、もし銀二さんがここに来たら、そう言っておくわ」

「頼んだ」

辰吉は言った。

（おそらく、銀二がここに来ることはないだろう）

そう思いながら、辰吉はおりくの前から去って行った。

二

八つ半時だった。

辰吉は牢獄長屋から『一柳』へ行く少しの間にも汗を拭《ぬぐ》うようであった。

居間には、忠次と安太郎、福助、政吉の三人の手下も戻っていた。皆、疲れた表情で、汗をかいていた。

「俺たちもいま来たところだ」

安太郎が言った。

辰吉は忠次の傍に座った。

「辰、なにかわかったか」

忠次が団扇《うちわ》を扇《あお》ぎながらきいた。

「銀二には女がたくさんいるそうです。おりくが心当たりあるだけでも、浅草奥山や芝増上寺の近くで女と一緒にいるところを見たそうです。銀二は女の家々を転々として暮らしているものと思われます。それと、屋形船などにも隠れているかもしれません」

実際に天和《てんな》年間（一六八一年から一六八四年）には、小山田弥市郎《おやまだやいちろう》という盗賊が、夜は河岸に繋《つな》いである屋形船に隠れていた例もある。そのせいで、一時期屋形船が禁止になったくらいだった。

「屋形船を探してみますか」

辰吉がきいた。

「いや、この時期は利用が多いから寝泊りに使えないだろう」

忠次は首を横に振った。

「たしかに、そうですね」

「それにしても、銀二はどうしてそんなに掏摸を働くんだろうな」

忠次が腕を組んだ。

「掏摸をするのが生きがいじゃないんですかね」

安太郎が口を挟んだ。

「癖になると抜けられないですからね」

福助や政吉も頷《うなず》いた。

「銀二はちょっと違うような気がします」

辰吉は首を傾《かし》げた。

もし、掏摸で生活をするなら、毎日のように掏摸を働かなくても金は十分にあるはずだ。それなのに、銀二は捕まる危険を冒してまでも、頻繁に掏摸を働くわけがわからない。

「それにしても、一月ばかり前に始めたにしては、やけに鮮やかな手口ですね」

辰吉は感心するように言った。

「そういや、銀二は顔もいいし、女にもてるんだよな」

忠次は思いついたように言った。

「そうです」

辰吉は頷いた。

「三年くらい前に品川《しながわ》で若くて役者のような顔の掏摸がいたらしいが……」

「もしや、そいつが銀二では？」

「いい男の掏摸ということで、引っかかっただけだ」

「でも、調べてみたいです」

辰吉は意気込んで、

「品川ですよね」

と、確かめた。

「ああ、俺は話を聞いただけで詳しいことは知らねえ」

「親分、誰から聞いたんですか」

「廻髪結《まわりがみゆ》いの亀吉《かめきち》というものだ」

「亀吉ですね」

辰吉はさっそく立ち上がった。

「これから行くのか」

「ええ、行かしてください」

「よし、行ってこい」

忠次は辰吉を満足そうに見て言った。

辰吉はさっそく『一柳』を出た。

辰吉は日本橋、京橋、汐留《しおどめ》を抜けて、芝増上寺の前を通り、海沿いを歩いた。左手には房総《ぼうそう》半島から三浦《みうら》半島まで広く見渡せた。

高輪車町《くるまちょう》に差し掛かった。町の上は高台になっていて、寺町となっていた。

商人と小僧、早荷、旅人の姿が見える。

やがて大木戸に差し掛かった。

昔は道の両脇にある石垣の上に木戸が立てられていたそうだが、いまは雑草が覆いかぶさっている。大木戸は、以前まで石垣の間に門があって、明け六つから暮れ六つ（午後六時）までしか開門していなかったそうだ。

いまは高札場が設けられている。

幕府による触書が書いてあり、道行く人々が足を止めて見ていた。

辰吉も目を通して、大木戸を抜けた。

もう江戸府外である。

右手の高台にあの赤穂《あこう》浪士で有名な泉岳寺《せんがくじ》が見えた。

辰吉はもう少し歩けば歩行新宿《かちしんしゆく》だと思いながら歩いていたら、

「ちょっと、そこの若旦那」

無精ひげを生やした馬子から声をかけられた。

「馬はいい」

辰吉は断った。

「でも、お遊びになる前に汗をかいちゃ女の子に嫌われますぜ」

「いや、人探しで来ているんだ」

「誰です」

「言ってもわからないでしょうけど、髪結いの亀吉というお方です」

「亀吉さんなら知っていますよ。歩行新宿一丁目の笠《かさ》問屋の裏長屋に住んでいますよ」

「笠問屋の裏長屋だな」

辰吉は繰り返した。

「何かご用がありましたらお願いします」

馬子は早足で次の客を捕まえに行った。

辰吉は八ツ山《やつやま》を右手にその麓《ふもと》を歩いていると、やがて「従是《これより》南　品川宿」と書いてある傍示杭《ぼうじぐい》が見えた。

この先が品川宿であった。

品川宿は歩行新宿、北品川、南品川の三つに分かれている。江戸から歩いて一番手前にあるのが歩行新宿である。旅籠《はたご》や料理屋などが軒を連ねている。

辰吉は歩行新宿へ入った。

すぐに土蔵造りの笠問屋が見えた。

その路地を入った。井戸端でかみさん連中が話をしていた。裏長屋でも汐《しお》のにおいが漂ってきた。

「亀吉さんはこちらにいますか?」

辰吉が声をかけた。

「あの奥さ」

一番奥の左手の家であった。

辰吉は家の前に立った。

中から物音がした。

(いるらしい)

辰吉は腰高障子を叩いて戸を開けた。

三十代半ばの大きな鼻の男が髪結いの道具を手入れしていた。夢中になっていて、辰吉が入って来たことに気が付いていないようだ。

「亀吉さんですか」

辰吉が声をかけた。

「誰だい」

こっちに目もくれずに、手入れを続けながら突っぱねるように言った。

「忠次親分の手下で、辰吉と申します」

辰吉は名乗った。

「えっ、辰吉⁉」

亀吉は驚いたように手を止めて顔を向け、

「ひょっとして、あなたは辰五郎親分のご子息で？」

と、居ずまいを正した。

「ええ」

辰吉は頷いた。

「そうでしたか。さあ、何もないところですが、どうぞ中に上がってください」

亀吉は道具を片付けた。

「いや、ここで結構です」

辰吉は遠慮した。

「そんなことを言わずにどうぞ」

亀吉はやけに丁寧になった。辰吉は戸惑いながら部屋に上がった。

綺麗でござっぱりとしている部屋だった。

辰吉と亀吉は差し向かいになった。

「親父《おやじ》とは親しいんですか」

辰吉はきいた。

「いえ、親しいというと恐れ多いですが、色々お世話になったんです。あっしが品川宿のある旅籠でいざこざを起こしたときに助けて下さったのが親分です。それから何度かお世話になりました」

亀吉は照れ臭そうに言い、

「親分はよくあなたのことを話していたんですよ」

「えっ、親父が」

辰吉は意外だという目をした。

「それで、どんなご用ですか?」

亀吉がきいた。

「実は掏摸の話をききに来ました」

辰吉は答えた。

「掏摸?」

「三年ほどまえ、この辺りで役者のようないい男の掏摸がいると忠次親分から聞きましたが」

「ああ!　そのことですか。なんていう名前かもわかりませんが、たしかに若くて顔の整っている男がいました」

「歩行新宿で掏摸をしていたんですか」

「いえ、高輪南町《みなみちょう》と歩行新宿の間ら辺に出没しました。おそらく、歩行新宿に入ると金を使っているかもしれませんが、その前でしたら金をたんまりと持っているひとが多いからでしょうね」

亀吉は苦々しく言った。

「その男はこの近くに住んでいたのですか」

「いえ、それが全くわかりませんでした。噂《うわさ》だと品川の飯盛り女に匿《かくま》ってもらっていたとか聞きましたが、実際はどうなんでしょうね。あっしは廻りの髪結いなので方々の旅籠に行きますが、一度も飯盛り女の方からそういう噂は聞いたことありません。おそらく、高輪あたりに住んでいるんじゃないでしょうか」

「なるほど」

「あいつはいかにも金を持っていて、阿漕《あこぎ》な商売の者たちばかり狙っていました。それだから、案外町の者たちの評判はいいんです」

よく考えてみれば、掏られた者たちは似通っている。いずれも強欲そうな顔の者で、いいものを食っているのか、みんなぶくぶく太っていた。

「その掏摸は三年前から掏摸を働いていないんですよね。なぜなんですかね」

辰吉がきいた。

「これは髪結いの仲間から聞いた話ですが、三年前に津田兵庫《つだひょうご》さまという御家人が五十両を盗まれたそうなんです。最初、津田さまの中間《ちゅうげん》が必死になって掏摸を探し回っていたようなんですが、津田さま本人は掏られたことを否定していたそうです。たぶん、津田さまは武士の体裁もあってでしょうが、仲間は本当に掏られたと言っているんです。これ以降あの掏摸が現れなくなりました」

「ということは、その掏摸が？」

「おそらく、そうでしょう。五十両もあれば、しばらく掏摸をしなくても生活できますし、それを元手に商売を始めたんだと思います」

「なるほど」

「現に四谷塩町《しおちょう》で羽織姿の似たような男を見かけたという話もききました。だから、商売を始めているんじゃないですかね」

「四谷塩町で？」

辰吉は引っ掛かった。銀二はおりくに四谷に住んでいると言っていた。しかし、もし商売をしているのなら、なぜ再び掏摸をするのだろうか。商売が立ち行かなくなったのか。それとも人違いだろうか。ともかく、四谷を調べなければならないと思った。

辰吉は礼を言って長屋の木戸を出た。

三

翌日、辰五郎は『濱野屋』の前で待っていた。宿駕籠《しゅくかご》がふたつ並んでいた。近くの駕籠屋から頼んだ。店の名が入った長半纏を着た逞《たくま》しい駕籠かきが四人いた。

お栄が水色の単衣《ひとえ》にきつね色の帯を締めて私用の戸口から出てきた。清右衛門も一緒についてきた。辰五郎と目が合うと頭を下げた。

「お待たせしました」

お栄が言った。

ようやく、袖切神社まで誘い出すことが出来た。逆さ絵馬の事情を知らない清右衛門はそれだけでも、随分と悩みが軽くなってきたと喜んでいた。

「お栄さん、久しぶりに外に出るのではないですか」

辰五郎はきいた。

「そうですね」

お栄は眩《まぶ》しそうに目を細めた。

「さあ、どうぞ」

辰五郎はお栄を前の駕籠に乗せて、自分は後ろの駕籠に乗り込んだ。

それから長半纏を着た逞しい駕籠かきに声をかけた。

「駕籠屋さん、やってくれ」

「へい、下谷神社の近くですね」

ふたつの駕籠は一列になって動き始めた。清右衛門が駕籠が見えなくなるまで見送った。

四半刻《しはんとき》（三十分）程かけて、下谷神社の近くの袖切神社に着いた。宿駕籠は辻《つじ》駕籠よりもだいぶ値が張るが、清右衛門が払ってくれると言っていた。

神社は茂みの中にある。

風が出てきたのか、木々が音を立てて揺れた。

辰五郎は駕籠を黒ずんだ鳥居の前で待たせた。

さっそく鳥居をくぐった。気のせいか、境内《けいだい》は少し涼しく感じる。

お栄は怯《おび》えた顔で鳥居をくぐった。それから危うい足取りで歩き、荒い息をしながら社殿の前に辿《たど》り着くと、賽銭箱《さいせんばこ》にいくらか入れて、二礼二拍手一礼をした。

辰五郎は社殿の脇でお詫《わ》びをしている様子を見ていた。

ふと、逆さ絵馬が置いてある奥の祠《ほこら》に目を向けると、背が高くておでこが突き出た男が見えた。この間、ここで見かけた男だ。

辰五郎がその男を見ていると、向こうも気が付いて目が合った。

男は軽く会釈して祠の奥へ駆けて行った。

「どうしたのですか」

手を合わせ終えたお栄が近づいてきて聞いた。

「この間来た時に見かけたひとだ」

「そのひとが何か」

「いや、何でも」

辰五郎がそう言うと、繁《しげ》みの中から烏《からす》が音を立てながら飛んで出た。

「何だか薄気味悪いので早く神社を出ましょう」

お栄は辰五郎に促した。

ふたりは神社を後にして、待たせてある宿駕籠に戻った。

それから、また四半刻かけて『濱野屋』に帰った。夕方になっていた。

駕籠が店の前に着くと、清右衛門が出てきた。

「お栄、どうだった」

清右衛門がきいた。

「なんだか、これで胸が少し晴れました」

お栄が落ち着いて答えた。

「辰五郎さん、ありがとうございました」

清右衛門が礼を言った。

「もし、また何かありましたら知らせてください。大富町の『日野屋』に来ていただければ、いつでもお話をお聞きしますので」

辰五郎は答えた。

「ありがとうございます」

お栄は頭を下げて、店に入って行った。

辰五郎は見送ってから引き揚げた。


二日ばかり経《た》った。

朝から降っていた雨も、午後には止《や》んだ。蒸し暑い雨上がりだった。

辰五郎は湿気で蔵の中のものが傷まないように、荷物の片付けをしていた。

「旦那、お栄さんという方がお見えになりました」

番頭が報《しら》せにきた。

お栄というと、あの『濱野屋』の内儀だろうか。

「客間に通しなさい。すぐに行くから」

辰五郎はそう言い、番頭は一足先に蔵を出た。辰五郎は簡単に片づけてから、すぐに客間へ向かった。

襖《ふすま》を開けると、お栄が不安そうな面持ちで辰五郎を見た。

「辰五郎さん」

泣きそうな声だった。

辰五郎は差し向かいになり、

「どうしたんですか」

「今朝、こんなものが届いていたんです」

お栄は懐から文を取り出した。

ざっと目を通してみると、お栄が袖切神社の逆さ絵馬でお藤を呪《のろ》い殺したことを知っている。もし、口外されたくなければ金三十両を支払うようにという内容だった。

「これは誰からですか？」

「わかりません。女中が知らない男から内儀さんへ渡すように言われたと言っていました」

お栄の声が震えていた。

「こんな脅し、無視しておけばいいでしょう」

辰五郎は慰めるために言ったが、内心では捨てておけないと思った。

「でも、もし払わなければ何をされるかわかりません。旦那に知られたくありませんし、それより外にこんなことがわかったら、『濱野屋』の評判も一気に落ちることになるでしょう」

お栄は細い眉《まゆ》を寄せた。

辰五郎も腕を組んで考え、

「この文には支払いのことが書いていないので、またその男は『濱野屋』に現れるでしょう。私が清右衛門さんの代わりに立ち会いますから安心してください」

「はい」

それでも、お栄は不安そうな声だった。

「大丈夫です。気を確かに持ってください」

「わかりました。では、お願いします」

お栄は不安を拭《ぬぐ》えないまま帰って行った。

辰五郎はお栄が帰ったあと、蔵に戻って荷物の片付けをしながら、それにしてもどうしてお栄が逆さ絵馬にお藤の名前を書いたことを知っているのだろうかと思った。お栄は他の誰にもこのことを言っているはずがない。すると、考えられるのは誰かが自分のように袖切神社で絵馬を見たのだろう。

その日の夜、辰五郎はお栄の様子を見に行こうと外出の支度をした。

「お父《とっ》つあん、もう夜なのにどこへ行くの」

と、凛が咎《とが》めるようにやって来た。

「ちょっと、大伝馬町の方まで」

「また、相対死《あいたいじに》のこと？」

「いや」

辰五郎は口ごもった。

「お父つあんがそういう時は何か隠しているときよ。別に人助けをするのは止めないけど、危険な目に遭《あ》わないようにしてよね」

「お前は心配しすぎだ」

辰五郎は凛から目を背けて言った。

「だって、お父つあん、もう若くないんだから。逆さ絵馬のこともあるし、兄さんにでも付いていってもらったほうがいいんじゃない？」

「なに、言ってんだ。俺は若い者に負けはしねえ。あいつはあいつでやることがあるんだ」

「じゃあ、番頭でも誰でもいいから」

「本当に一人で平気だ。お前は逆さ絵馬のことを気にしているが、あれは単なる迷信だ。じゃあ、必ず四つ（午後十時）までには帰ってくる」

辰五郎はそういうと、逃げるように『日野屋』を出た。

最近、凜は口うるさくなった。だんだん母親に似てきたが、口うるさいところは違っていた。

大富町でも縁台を出して、涼んでいる者たちがいた。

辰五郎は『濱野屋』へ着くと、私用の戸口の格子戸をあけて声をかけた。

旦那が出てきた。

「あ、辰五郎さん」

「たまたま近くに用があったもので、あれからお栄さんがどうしているのか様子を伺いに来ました」

お栄は今日『日野屋』に来たことは清右衛門に話していないだろうから、それらしい理由をつけた。

「わざわざ、ありがとうございます。お栄はお陰様で。ただ、今日は少し元気がないようでしたが、昨日、一昨日《おととい》と久々に出歩いたので疲れたのでしょう」

何も知らない清右衛門は呑気《のんき》に笑みさえ浮かべていた。

「お栄さんとお話しさせて頂いても？」

「ええ、どうぞ」

辰五郎は客間に通された。

すぐにお栄がやって来た。

「あれから文は届けられていないですか」

「今のところは」

「その文を受け取った女中に話をききたいのですが」

「すぐに連れて参ります」

お栄は一度客間を出ると、すぐに十七、八歳の背の低い女を連れて来た。

「お前さんが文を受け取ったんだね」

辰五郎が確かめると、

「はい」

女中は緊張したように頷いた。

「旦那にそのことは？」

「お内儀さんに口止めされたので言っていません」

「どんな男だった？」

「中肉中背で、色白で平べったい顔の男でした。これと言って特徴はないのですが……」

女中は困ったように言った。

「その他に何か男が言っていなかったか」

「今度は庭に投げ込むからと言っていたような……」

「庭にか」

辰五郎は『濱野屋』を後にすると、近くで念のために待ち伏せすることにした。

夜が更けていった。

雲一つない満天の星だった。月も満月に近かった。『濱野屋』の白壁が月明かりを反射していた。

辰五郎はずっと『濱野屋』の前にいるのも近所のひとたちに怪しまれかねないので、散歩をしているような振りをしたり、木戸番に顔を出して番人と話しながら、相手が来るかどうかわからないが『濱野屋』の方の様子を窺っていた。

夜四つ近くになった。

凜には四つまでには帰ると伝えてあるが、今にも来るのではないかと思うと大伝馬町から離れることが出来なかった。しかし、これ以上帰りが遅くなるとさすがに凜も心配するだろうから、『濱野屋』の前に誰もいないのであれば、木戸が閉まる前に引き上げようと思った。

辰五郎は『濱野屋』の前に行った。大伝馬町は夜も遅くなるとさすがに人通りが少なくなるものの、まだ通りに夕涼みのひとがちらほら出ていた。辰五郎がここにいる分にも不自然ではなかった。

中肉中背の男が『濱野屋』の路地に入って行った。

（あいつか）

辰五郎は路地の角を付けていき、様子を窺った。

男は私用の戸の前に立って、辺りを見渡している。

それから、隙間《すきま》に文を挟んだ。

辰五郎は後ろから近づいた。

「おい」

辰五郎は低い声で呼びかけた。

男はびくっとして、振り向いた。

薄暗いが、色白で平べったい顔なのはわかった。女中が言っていた男のようだ。

「それは何だ」

辰五郎は戸に挟まっている文を指さした。

「何でもありませんよ」

男はすぐに文を手に取って隠そうとしたが、辰五郎が相手の胸ぐらをつかんで取り上げた。

「私のじゃありませんよ」

男はびくつきながら言った。

辰五郎はここで言い争うと家の中に声が聞こえて迷惑だろうと思い、男を引きずりながら通りに出た。

近くにある小さな稲荷《いなり》まで連れて行った。

境内には誰もいない。

「誰が頼んだんだ」

辰五郎は睨《にら》みつけた。

「知りません」

「嘘《うそ》つくんじゃねえ」

辰五郎は怒鳴りつけた。

「本当なんです。私は頼まれただけなんです。そのひとの名前も知らなければ、住まいもわかりません。ただ、金で頼まれたんです」

男は泣きつくように言った。

この男が言っていることは嘘ではなさそうだ。それに、考えてみればお栄を脅している者だとは思えない。わざわざ脅している本人が女中に顔を晒《さら》すはずもないし、こんな気弱そうな者にそんな大それたことは出来ないだろう。

「お前にこの文を渡すように頼んだ奴《やつ》はどんな顔つきだった？」

辰五郎はきいた。

「頭巾《ずきん》を被《かぶ》っていたので顔はよくわかりませんが、背の高い人でした」

「どういうきっかけで、文を運ぶようになったんだ」

「私は紙くず買いなんですけど、たまたま下谷の方を歩いているときに、道端で話しかけられたんです。お金をくれるっていうんで」

「それで、お前は引き受けたんだな」

「はい」

「今朝も文を届けに来たな」

「朝と夜に別々の文を持っていくように頼まれたんです」

「他に文は預かっていないか」

「いいえ」

男は首を横に振った。

「こういうことをするのは今回が初めてか」

「え、ええ……」

「ひょっとして前にもあったのか」

辰五郎は強く言った。

「実は前にも一度」

男は顔を背けて言った。

「どこでやったんだ」

「田原町《たわらまち》です」

「誰に届けたんだ」

「線香問屋の『日向屋《ひゅうがや》』の女中に文を渡しました」

男は言った。

「よし、わかった」

その後で、手元の文を開いた。

辰五郎は念のために名前と住まいをきくと、男を解き放した。

「三日後の暮れ六つ（午後六時）頃、袖切神社の祠の近くの黒い輪っかが付いている木に三十両の入った巾着《きんちゃく》を吊《つ》るし、すぐに立ち去れ」

と、荒々しい字で書かれていた。

またしても、袖切神社だ。

すると、書き手は袖切神社でお栄の逆さ絵馬を見たということで間違いないだろう。

辰五郎は大富町へ戻って行った。

『日向屋』のことも調べてみようと思った。

四

辰吉は翌日の朝、忠次の元へ行った。

忠次は居間で長火鉢を前に莨《たばこ》を吸っていた。傍には忠次のおかみさんがいた。

「お邪魔でしたか」

辰吉はふたりの顔色を窺った。

「なに言ってやんでえ」

忠次は煙管《きせる》の灰を長火鉢に落とした。

「親分。やはり、銀二は御家人の津田兵庫さまから五十両を盗んだのを最後に掏摸はしていないようです。亀吉さんはその金で今までつないでいたか、それを元手に商売をしていたのではないかと言っていました」

品川から帰った翌日、辰吉は忠次に品川で聞き込んだことを報告していた。その後、辰吉は念のために聞き込んだことが間違いないか調べてみたのだ。

「銀二と思われる男を四谷塩町で見たというひとにも会ってきました。やはり、銀二に間違いないようです。銀二はおりくに四谷に住んでいると言っていました」

「塩町はまだ調べてなかったな」

忠次が渋い顔で呟いた。

「あっしがこれから四谷塩町に行ってきます」

「お前が行かなくても」

「いえ、あっしに行かせてください」

辰吉は言った。

「随分意気込んでいるのね」

おかみさんが微笑《ほほえ》ましそうに言った。

「へい、銀二を捕まえねえと腹の虫が収まらないんですよ」

辰吉は言った。

「お前の執念には俺も負けるよ」

忠次は呆《あき》れながらも、目を細めて言った。

辰吉は『一柳』を飛び出した。

神田橋の方からぐるっと城を回って、四谷御門《よつやごもん》を通り抜けた。すぐ右手には麹町《こうじまち》十一丁目があり、その右隣が塩町一丁目であった。

辰吉は塩町の自身番に寄った。屋根の上に火の見梯子《ばしご》が組まれていて、梯子の上の方に半鐘がある。番屋の前には三つ道具が立てられており、水の入った大きな桶《おけ》が置いてあった。

辰吉は声をかけた。

「すみません」

「なんだい」

三十過ぎの番人が出てきた。

「人を探していまして」

「お前さんは？」

「通油町の忠次親分の手下で辰吉という者です」

「忠次親分っていうと、元々辰五郎親分の手下だった？」

「そうです」

「誰を探しているんだい」

「銀二という役者のような整った顔の男なんですけど」

「小間物屋の若い主人が銀二と言ったな。この通りの真ん中あたりにある大きな蔵造りの塩問屋の並びにある店だ。ただ、最近店に主人はいないようだ」

「主人がいない？」

「五十くらいの奉公人が店を代わりに開いているよ」

「そうですか。さっそく行ってきます」

辰吉は礼を言って、自身番を出て、通りを真《ま》っ直《す》ぐに歩いた。

ちょうど真ん中あたりに蔵造りの塩問屋があった。その先に小間物と書かれた木の札が軒下に吊るしてあった。

辰吉は中に入った。

「いらっしゃいまし」

店番をしていた五十過ぎの白髪交じりの男が頭を下げた。

「あっしは通油町の忠次親分の手下で辰吉と言います。銀二さんにお話があるのですが……」

辰吉はあえて困ったように言った。

「旦那は留守です」

男は答えた。

「どこへ行ったのですか」

「京までです。もう近いうちに戻ってくるかもしれません」

「近いうちっていうと？」

「明日、明後日《あさって》にも帰ってくるかもしれません。それというのも、お客さまが昨日品川宿で旦那を見かけたというのです」

「品川ですか」

「すぐここに戻ってこないところを見ると、品川宿で遊んでいるのかもしれませんね」

男は言った。

当てはないが辰吉は品川へ向けて歩き出した。


燃えるような夕日が遠くの船を橙《だいだい》色に染めていた。

辰吉は「従是南　品川宿」と書いてある傍示杭を越えた。

崖《がけ》と海の間に東海道《とうかいどう》が通っている。街道は海に面して弧《こ》を描き、水茶屋や旅籠屋がずらっと両脇に並んでいた。旅籠屋にもいわば女郎屋のような食売《めしうり》旅籠とただ旅人を泊める平《ひら》旅籠の二種類あった。

歩いていくうちに段々と賑《にぎ》やかになっていった。

旅人や遊客がゆっくり左右を見ながら歩いていた。

張り見世《みせ》のある旅籠があった。その前に人だかりが出来ていた。商人もいれば、侍も寺の坊主もいた。

辰吉も格子の中を覗いてみた。

さすが吉原の向こうを張るといわれる品川宿だけあって、派手に着飾った飯盛り女たちが長煙管を吸いながら艶美《えんび》な顔をして客を見ていた。

そこを通り過ぎると、土蔵造りの小さな旅籠が見えた。おそらく、いつぞや遊びに来たときに入った食売旅籠だ。

そこを通り過ぎると、見世々の前に飯盛り女たちが外に出てきて客引きをしていた。男たちは客引きと「高い」とか「もう少しどうにかならねえか」と駆け引きをしながら、品定めをしているようだった。

その人混みをくぐるように客を乗せた駕籠かきが走って行った。

ぼんやりしていたら人波に飲み込まれそうである。

こんなに混雑していれば、銀二が遊びに来たかどうかはわからない。ここで掏摸を働いていたのかもしれない。

銀二の姿がないか見渡して確かめた。しかし、それらしい姿はなかった。

その時、いきなり辰吉の袖《そで》が摑まれた。

「何するんだ」

辰吉は思わず声を上げて振り向いた。

「兄さんいい男ね。寄って行ってよ」

歯茎《はぐき》を剝《む》きだした色の黒い女が手を伸ばしていた。

「悪いな。いま忙しいんだ」

辰吉は手をそっと振り解《ほど》こうとした。

しかし、女は力強く袖を摑んで放さない。

「安く遊ばせてあげるよ」

女は目一杯の色気を出している。

「遊びに来たんじゃねえんだ」

辰吉は断った。

「そんなはずないでしょう。まだ若いんだから」

女は辰吉の腕をぐっと引っ張って、胸を擦りつけるようにして引き寄せた。辰吉は抵抗したが、女は余計に絡みついてきた。

「本当だ。ひとを探しているんだ」

辰吉は強い力で女を引きはがした。

「一体、どんなひとを探しているんだい」

「お前さんに関係ねえ」

「とにかく、言ってみな。あたしはずっとここで客引きしているんだから、見ているかもしれない」

「見ていたって覚えているかわからないだろう」

「私は大体のことは覚えているんだから」

女は自信たっぷりに言った。

辰吉は疑うような目を向けた。

「あんたのことだって覚えているさ」

「え？　俺のこと？」

「いつだったか、あの土蔵造りの小さな旅籠に入って行っただろう」

「どうして、それを」

「だから言ったじゃないか。ちゃんと覚えているんだって」

「へえ」

辰吉は驚いたように声を上げた。

もしかしたら、この女は銀二のことを見ているかもしれない。

「ちょっと小柄だが、役者風のいい男だ。銀二っていうんだけど。噂だと昨日もいたというんだ」

辰吉は言った。

「役者風のいい男……。あの人かしら」

女は思い当たるようだった。

「本当か」

「ええ。すぐ近くの『大船《おおぶね》』という店に入って行ったのよ」

女は五軒ほど先の屋根に提灯《ちょうちん》がいくつも並んでいる店を指で示した。

「ありがとう」

辰吉は足を踏み出した。

「待って」

女が辰吉の手を摑んだ。

「何だ？」

「用が終わったらうちに寄っておくれよ。安くしてやるからさ」

女が言った。

辰吉はこの場を乗り切るためにいい加減に頷いた。

「本当よ？」

女は力強く念を押した。

「わかったよ」

辰吉が呆れながら言うと、女は笑みを浮かべた。

「じゃあな」

辰吉は手を振って歩き出した。

女も手を振り返した。いくら器量の悪い女であっても、しばらく客引きをすれば誰かしら捕まえられるだろう。

そんなことを考えながら、『大船』という看板が掛けられた店の暖簾をくぐった。

「いらっしゃいまし」

中年の番頭風の男が出迎えた。

「日本橋通油町、忠次親分の手下の辰吉というもんだが」

と、辰吉は名乗った。

「え？」

番頭は急に厳しい顔になって、

「うちが何かしたっていうんですか」

と、きつい口調で言い放った。

「そうじゃない。客のことでききたいんだ」

「客のことはお話しできませんよ。第一お前さんが本当に忠次親分の手下かどうかもわからないじゃないですか」

「あっしを疑うんですか」

辰吉はムッとした。

「じゃあ、本当に手下だという証《あかし》を見せてくれませんか」

「証？」

あの十手があったらなと思ったが、いまは証を見せることは出来なかった。

辰吉はしばらく黙った。

「どうぞお引き取り下さい」

番頭は突き放すように言った。

辰吉は腹の底から悔しさがこみ上げてきた。忠次の手下となってから二月ばかり経つが、自分の素性を信じてもらったことはない。今までに味わったことのない腹立たしさと、何も言い返せない自分が情けなかった。

忠次だったらこういう時どうしているだろうか。

（俺はまだまだ半人前だ）

辰吉はもう帰るしかないと思った。

その時、戸口から「辰吉さん」という声がかかった。

振り返ると髪結いの亀吉だった。手には商売道具を持っている。

「亀吉さん、このひとを知っているんですか」

番頭が不思議そうにきいた。

「ほら、あの辰五郎親分の息子さんですよ。いまは忠次親分の手下になっている」

亀吉が話した。

「あ、そうだったんですか」

番頭の目の色が変わった。

「じゃあ、あっしは奥に行きますんで」

亀吉は上がって行った。

「どうも失礼いたしました。実は辰五郎親分に何度かお世話になりました。江戸で押し込みをやった三人組がうちに逃げ込んで、女と髪結いを人質に立てこもったことがあった。それをひとりで乗り込んで命がけで助けてくれたのが辰五郎親分」

番頭が謝った。

「そうでしたか」

辰吉はここでも父親がいかにひとのために尽くしていたかを実感した。

「それで、お尋ねの件は？」

番頭がきいた。

「昨日、役者のようないい顔の男が客としてやって来たと聞きましたが」

辰吉も言葉遣いを改めた。

「ああ、おりました！」

番頭は思い出したように言った。

「誰に入ったんです」

「喜瀬川《きせがわ》さんです。ここで御職《おしよく》を張っている子ですよ」

御職とは女郎屋の符牒《ふちよう》で、一番人気のある飯盛り女である。品川では飯盛り女たちにもしゃれた源氏名《げんじな》を使っているようだ。

「その男は前々から喜瀬川に通っているのですか」

「いえ、昨日でこの見世が二度目です」

「一度目はいつですか」

「ひと月くらい前ですかね」

「その時も喜瀬川でしたか」

「ええ、恐らく喜瀬川の噂を聞いていたのでしょう。喜瀬川はちょうど他の客が入ったばかりだったので、しばらく待たないといけないと説明したのですが、それでもいいから喜瀬川をということでした」

番頭は説明した。

銀二は女にもてそうなので、いくら御職を張っているからと言っても、他の客が終わるのまで待って喜瀬川と遊ぶのは不思議である。それとも、喜瀬川は余程評判の良い女なのだろうか。

「喜瀬川っていうのは、どんな女ですか」

「とてもおしとやかで、上品な子ですよ。武家の生まれなので、礼儀作法もしっかりしておりますし、何よりも気立てがいいので人気があるんです」

「そんなに評判の良い子ですか」

「ええ、喜瀬川さんの噂を聞いていらっしゃるお客さまも多うございます」

「ちょっと、喜瀬川に会わせてもらえますか」

「ええ、よろしいですよ。でも、まだ支度しておりますので、出来次第呼んで参ります」

「わかりました」

「では、御内所の先の部屋でお待ちください」

番頭はそこに案内した。

五

待つほどのこともなく、

「失礼します」

と、おしとやかな女の声が聞こえた。

「入ってくれ」

品のある端整な顔で、なで肩の女が入って来た。まだ支度前なのか浴衣姿であった。

「喜瀬川と申します」

と、女は辰吉の横に座った。

柔らかいほのかな椿油《つばきあぶら》のにおいがした。

「何かお調べになっていることがあるそうで？　番頭さんから丁寧に応じるように聞いております」

喜瀬川は辰吉の目を見てきいた。

「銀二っていう奴《やつ》を探しているんです。昨日、お前さんに上がったみたいですけど、役者のような器量の良い男ですよ」

「たしかに、昨日いらっしゃいました」

喜瀬川が頷いた。

「二度目だと聞きましたが」

「ええ。ちょっと、変わったお方なんです」

「変わったというと？」

「一度目の時も、二度目の時も何もしないんです」

「何もしない？」

「ええ、そういうことは」

「じゃあ、何のために来るんですかね」

辰吉は不思議に思った。

「疲れているだろうからと、優しい言葉をかけて下さって、あと私のことをやたらと聞きたがるんです」

「それで、お前さんはどうするんです」

「私も答えられることでしたら、お話しさせて頂くのですが」

「たとえば、どんなことを聞いてくるんですか」

「一度目はここでの暮らしはどうだとか、親はどんなことをしているだとか、早く勤めを終えたいだろうと、まるでお客さまの口から出て来るような言葉ではありません」

「どうして、そんなことを聞くんでしょう」

「さあ、なぜでしょうね。まだ自分の話だけされて帰る方はいらっしゃるのですが、自分のことは語らずに、私のことを聞くというのはなかなかいらっしゃらないのでよくわからないんです」

喜瀬川は眉を寄せた。

吉原の大見世などでは、一度目は話もしないで、二度目にようやく話をして、三度目に一緒に床へ入るということを聞く。馴染《なじ》みになって床入れが出来る。品川宿ではそういう仕組みにもなっていなければ、わざわざ客の方から格式ばって何も致さないということもないだろう。

「その男のことで他に気が付いたことはありませんか」

辰吉はきいた。

「ええ。本気なのか冗談なのかわからないですけど、私を身請けしたいと言っていました」

喜瀬川は苦笑いした。

「なるほど。身請けですか」

辰吉は呟いた。

もしや、それが掏摸をしている理由か。

「でも、冗談だと思いますわ。あれだけ顔がいいのですもの、私なんか狙うはずがございません」

喜瀬川は否定した。

「いや、そうとも限らないですよ」

辰吉は言った。頻繁に掏摸を働いている理由として、大金が必要となるような事情が何かあるはずだと考えられるが、身請けするとなれば、それだけ必要なんだとわかる。

しかし、喜瀬川を身請けしたいのだとして、それは一体なぜだろうか。仮にずっと喜瀬川に通っていたのであれば、身請けするというのもうなずける。しかし、一度しか会っていないで、二度目でそういう話を持ち出すというのに何か怪しい気配がした。

「身請けするのにいくら掛かるんですか」

「よくわかりませんけど、百両以上は……」

辰吉は頭の中で計算して、銀二がそれくらいの金はこのひと月くらいで稼いでいるだろうなと思った。

「その男のことは一度目に来た時に初めて知りましたか」

辰吉はきいた。

「はい」

喜瀬川は迷いもせずに頷いた。

「今まで何かの縁で会ったということはないですか」

辰吉はしつこくきいた。

「いえ、ないと思います」

喜瀬川は首を横に振った。

「なぜ、銀二はお前さんに……」

辰吉は首を捻《ひね》った。

その時、廊下を伝う足音が聞こえてきて、

「喜瀬川さん、失礼します」

と、襖の向こうから張りのある男の声がした。

「はい」

喜瀬川が襖に目をやった。

「そろそろお支度を」

「わかりました」

喜瀬川はそう答えると、辰吉に顔を向けた。

「申し訳ございません。また何かありましたらいつでもお話し致しますので」

「また何かききに来るかもしれない」

辰吉はそう言って、番頭に挨拶《あいさつ》してからそそくさと『大船』を出て行った。

外に出ると、日が沈みかけていた。

人通りはさっきよりも増えていた。食売旅籠の二階からは話し声が聞こえて賑やかになっていた。『大船』の二階座敷からは鳴り物や囃子《はやし》の音も聞こえてきた。

こんなところでどんちゃん騒いだら楽しいだろうなと思いつつも、金も二百文程度しかないし、四つまでには通油町に戻って忠次に報告したいと遊客の楽し気な様子を気にしないようにした。

帰る前にさっき教えてくれた出っ歯で色黒の女がまだ客引きをしていたら挨拶だけでもしておこうと、その旅籠の前を通った。

どうやらいないようだ。

客が付いたようでよかったと思っていたら、

「ちょっと」

と、見世の中から声がした。

辰吉が振り向くと、あの出っ歯で色黒の女が出てきた。

「さっきはありがとよ。お陰様で用が済んだ」

「それならよかった」

女は物欲しそうな顔で辰吉を見つめる。

「なんだ」

辰吉は言った。

「遊んでいかないかい」

女が誘ってきた。

「すまねえ。金がないんだ」

辰吉は懐から財布を取り出して、二百文しかないところを女に見せた。

「これだけでもいいからさ」

女は財布を覗きながら言った。

辰吉は金がないと露見しているようなのが嫌で、すぐに懐にしまった。

「……」

女はしょぼんとした。

「今度、遊びに来てやるよ」

辰吉は咄嗟《とっさ》に約束をした。

「本当かい？」

女は疑わし気ながらも、顔をほころばせた。

「いったい、いくらかかるんだ」

「揚げ代で四百文よ」

「すると、酒肴《しゅこう》とか祝儀も合わせれば、八百文くらいはかかるな」

「兄さんがもし懐の具合がよくなければ、揚げ代だけで結構だよ」

辰吉はそう聞いて「今度来る」と言ってから、店を出た。

その時、駕籠とぶつかった。

駕籠が揺れた。

「何やってんだ！」

駕籠の中から、怒鳴り声が聞こえた。

「すみません。ぶつかって」

辰吉は謝った。

「いや、こっちこそ」

駕籠かきも軽く頭を下げた。

「おい、若いの。土下座して謝れ」

駕籠の客は身を乗り出して、怒っている。

「すみません。これでご勘弁を」

辰吉はムッとしたが、頭を下げた。

しかし、その男の怒りは収まらず、罵声《ばせい》を散々浴びせてきた。辰吉はさすがに腹が立って顔をあげると、見たことのある顔だった。

瀬戸物町の『萬屋』の主人萬蔵であった。

この間、会ったときとはまるで違う。あの時には腰が低くて、いかにも優しい感じのひとだった。

駕籠かきが辰吉に「すまん」というように目で合図して、過ぎ去った。

辰吉はあんなにも態度が変わるものなのかと、蔑《さげす》むような目で駕籠を見送った。

すると、駕籠は『大船』の前で止まった。

萬蔵は駕籠から下りて、店に入って行った。

（あの人もここに来ているのか）

そう思って、立ち去ろうとしたとき、目の前を猫背の紋付の長羽織を着た男がつまらなそうに下を向きながら通り過ぎた。圓馬であった。高座に立つ以外はいつもつまらなそうにしている。

「師匠！」

辰吉は声をかけた。

男は振り返った。

「やっぱり、圓馬師匠じゃありませんか」

辰吉は近づいた。

「お前、こんなところで何しているんだ」

「ちょっと探索で。師匠は何をしているんです？　あっちの方は大丈夫ですか」

辰吉は暗に賭場《とば》を指した。

「他の奴に任せてあるから平気だ。俺は『萬屋』の旦那にあそこの店に呼ばれたんだ」

圓馬は少し先を指した。

「『大船』ですか」

「なんだ、知ってんのか」

「ええ、ちょっと」

「『萬屋』の旦那が喜瀬川を贔屓《ひいき》にしているんだ」

「え？　喜瀬川？」

「何しろ、旦那はその席に俺たちを賑やかしに呼ぶんだ」

その時、ふと新介の顔が脳裏をよぎった。

「あれ、『萬屋』の旦那は新介のことも贔屓にしていましたよね」

「そうだ」

「じゃあ、新介も『大船』に顔を出していたんですかね」

「よく呼ばれていたな」

「そうでしたか」

「新介はあんなことになっちまったから今は俺だけで来ているけどな。まあ、旦那が待っているから、俺はもう行くよ」

圓馬はまた俯きながら『大船』に向かって歩いた。

辰吉は圓馬と反対方向に歩き始めた。

新介は『萬屋』の主人萬蔵から百両を借りようとしていた。なぜだろうかと改めて考えた。

第四章　身請け

一

土埃《つちぼこり》がまっていた。風が強かった。

辰五郎の背中では汗と土が混じり合っていた。

六月下旬、相変わらず暑い日が続いている。下旬になって雨が降ったのは二日くらいしかない。地面も干上がっていた。

辰五郎は『濱野屋』で捕まえた平べったい顔の男から聞いた話を元に、田原町の『日向屋』に行こうと浅草まで来た。

さすがに人は多かった。しかし、どこかゆったりとして、田舎っぽくてのどかな感じが好きだった。

並木《なみき》通りを歩いて、広小路と交差するところに差し掛かった。すぐ目の前に雷門《かみなりもん》がある。田原町へは左に曲がるが、辰五郎は立ち止まった。

亡くなった女房と浅草に来たことを思い出していた。あの時も、ちょうどこのような暑い日だった。女房がどうしても子どもたちの無事を祈りたいからと、忙しいのに無理やり連れてこられた。

そのことを思い出すと、自然と雷門に足が向かった。

雷門をくぐる前から大勢のひとがいたが、仲見世《なかみせ》に入るとそれ以上の人がいて、なかなか思うように進めなかった。

通りの左右に飴《あめ》や団子などの食べ物を売っている店々が並び、楊枝《ようじ》店や腰掛け茶屋などの若い女を置いて客を集めている店もあった。

辰五郎は客たちの隙間《すきま》をかいくぐって本堂の前まで来た。ひとの熱気で汗が背中にまとわりついた。

本堂の前は仲見世ほど窮屈ではなかったが、人も多かった。

辰五郎は本堂に入り、手を合わせて辰吉と凜の仕合せを祈り、良縁も願った。

本堂を出て脇《わき》に逸《そ》れると、鳩《はと》の豆売りの婆《ばあ》さんがいた。

中年男が鳩の豆を一皿買い、そこら辺に撒《ま》いた。すると、本堂の屋根にいた鳩たちが一斉に地面をめがけて下りてきた。

その姿が女房と重なった。女房もあの時、餌《えさ》を撒いていた。

男はもう一皿豆を買うと、何回かに分けて撒いた。鳩は豆を目指して二本足で歩いてきた。

しかし、男は二皿目も撒き終えると、もう飽きてしまったのか、皿を豆売りの婆さんに返して立ち去った。

辰五郎はまた仲見世の人混みにまみれるのが嫌だったので、伝法院《でんぽういん》の方から大きく回って広小路に出た。

もうそこが目指す田原町三丁目であった。広小路を挟んで、左右ともにある。大川を背にして、通りの突き当りには東本願寺《ひがしほんがんじ》が見える。浅草寺《せんそうじ》ほど大きくないが、それでも広大な敷地を有している。

『日向屋』は東本願寺の手前の広小路の角にあった。

線香という看板に、暖簾《のれん》は『日向屋』と大きく書かれていた。

辰五郎は暖簾をくぐった。

香木と似ているがまた違うにおいが漂ってきた。何組か先客がいたので、辰五郎はその人たちが終わるまで待った。

店は三人で回しているようで、すぐに辰五郎の番になった。

「大変お待たせして、申し訳ございません」

二十代後半の手代らしい、すらっとした男がやって来た。

「大富町の辰五郎と申します」

辰五郎は名乗った。

「あ、大富町の辰五郎さんといえば岡《おか》っ引《ぴ》きの」

手代が目を丸くした。

岡っ引きをやめてから五年も経《た》つが、未《いま》だに自分のことを覚えていてくれるのが嬉《うれ》しかった。

「こちらの娘さんはいらっしゃいますか」

辰五郎はきいた。

「お里《さと》さんのことですか」

「名前はわからないのですが、こちらの娘さんだとお伺いしました」

「それならお里さんですが、ここにはおりません。小梅村《こうめむら》の別宅で養生をしております」

手代が言った。

「養生？」

「ええ、気分がすぐれないようで」

「しばらくは向こうにいらっしゃるのですか」

「さあ、まだいつ戻ってくるのかわかりません。何かご用でもございましたら、代わりにお伝えしておきますが」

「直接、話をききたいんです」

「もしかして、あのことですか」

手代が恐る恐るきいた。

「あのこと？」

辰五郎は話を促した。

「番頭さんが川に落ちて死んだことです」

「そのことを詳しくきかせてください」

辰五郎が思わず身を乗り出した。

手代は躊躇《ためら》いながらも話し始めた。

「実は二月ばかり前、うちの番頭さんが天神川《てんじんがわ》に落ちて亡くなられました。本所一つ目の太之助親分の調べでは、酒に酔って川に落ちたのだろうということでした。ただ、番頭さんは正月のおとそ以外に酒を呑《の》むようなことは滅多にありませんから……」

と、不審そうに言った。

「なにか気になることでも?」

辰五郎はきいた。

「実は亀戸《かめいど》天神に藤を見に行った帰りにお酒を呑んだらしいのです。しかし、番頭さんがひとりで亀戸天神に行くとも思えないですし、ましてひとりで酒を呑むなんて……」

「では、あなたは番頭さんの死に疑問を抱いているのですか」

「なんとなく腑《ふ》に落ちないのです」

「太之助は、番頭さんがどこで呑んだのか調べたんですか」

「いえ、わかりません」

手代は首を横に振った。

辰五郎は、どうして酒を呑んで誤って川に落ちたと言えるのだろうと不思議に思った。

「そのことと、娘さんの養生は何か関係があるのですか」

辰五郎はきいた。

「さあ、あると言えばあると思います」

手代は曖昧《あいまい》に答えた。

「どういうことでしょう」

辰五郎は手代の顔を覗《のぞ》き込んだ。

「実は番頭さんはお嬢さまの婿になることが決まっていました。もっとも、旦那《だんな》さまが取り決めたことですが、お嬢さまもその気になっていたと思います。ところが、番頭さんが亡くなられてからお嬢さまの様子がおかしくなったのです。きっとそのことで心を病んでしまったのではないでしょうか」

手代が一気に言った。

本当にお里は番頭の婿入りを受け入れていたのだろうか。

もしかしたら、袖切神社と関係があるかもしれないと思った。

『濱野屋』のお栄が病んでいたことと似ている。お栄が絵馬に書いたお藤も死んで、お里が書いたと思われる番頭も不自然な死に方をしている。

これは偶然じゃない。

「そちらへ伺ってみたいので、養生先をお教え願えませんか」

辰五郎が頼んだ。

「水戸《みと》さまの下屋敷の裏あたりです」

手代は不安そうな顔をして答えた。

辰五郎は吾妻橋《あづまばし》を渡って、長屋塀に沿って北へ歩いた。熊本新田藩《くまもとしんでんはん》の下屋敷の塀が途切れたら、福井藩《ふくい》の下屋敷があり、またすぐ隣には中《なか》ノ郷瓦町《ごうかわらまち》が源森川《げんもりがわ》の手前まで続いていた。

辰五郎は源森橋を渡った。

すぐに大きな水戸藩の下屋敷があった。

そこの長屋塀を伝って裏側に回り込むと小梅村に着いた。

家がぽつんぽつんとあり、木々が生い茂っている。堀で釣り糸を垂らしている年寄りがいた。

「すみません」

辰五郎は近づいて声をかけた。

「何でしょう」

年寄りは顔を振り向けた。

よく見ると、垢《あか》ぬけた顔をしていてどこかの大店《おおだな》の隠居風であった。

「この辺りに田原町の『日向屋』さんの寮はありますか」

「すぐそこですよ」

男は少し先の藁《わら》ぶき屋根の家を指した。

辰五郎は教えられた通りに行った。門をくぐり、裏庭に回った。

五十過ぎの痩《や》せて白髪交じりのきちっとした女が洗濯物を取り込んでいた。

「こんにちは」

辰五郎は声をかけた。

「大富町から来ました辰五郎と申します」

「はあ」

「お里さんはいらっしゃいますか」

「どういったご用でしょうか」

五十女は怪訝《けげん》そうな顔をした。

「お里さんに袖切神社の件で、と伝えていただけますか」

「袖切神社？」

「ええ、とにかくお伝えください」

「まあ、何のことかさっぱりわかりませんが、お嬢さまには一応伝えてみますが……」

女は何かブツブツ言いながら奥へ行った。

しばらくして、五十女が戻ってきた。

「お嬢さまがお会いになられるそうです。どうぞこちらへ」

辰五郎は客間に通された。

二十代前半で、艶《つや》のある髪で大きな瞳《ひとみ》の小さな丸顔の女が、精気のない顔で座っていた。

「大富町の辰五郎と申します。お里さんですね」

と、名乗った。

「あの辰五郎親分ですか」

お里は縋《すが》るようにきいた。

「そうです」

「お嬢さま、こちらの方をご存知《ぞんじ》で？」

女は目を丸くした。

「ええ、有名な岡っ引きの方ですわ」

「そうだったんですか」

女は驚いた顔のまま辰五郎を見た。

「ばあや、下がってください」

お里が女に顔を向けた。

「はい」

女は去って行った。

「袖切神社のことを仰《おつしや》っていたようですけど」

お里から切り出した。目が何かを訴えていた。

(俺《おれ》に助けを求めているのだ)

辰五郎はそう感じた。

「ひょっとして、あなたは逆さ絵馬のことで悩んでいるのではありませんか」

「やはり、逆さ絵馬のことをご存知なんですね。実はそうなんです。まさか、本当に死ぬとは……」

「その後、文を届けにきた男がいたのでは?」

「ええ……」

里は顔を俯《うつむ》けた。

「その男の顔は見ましたか」

「平べったい……」

やはり、あの男の言う通りだ。

「文にはどんなことが書かれていましたか」

「文は持っています」

「どうして、処分しなかったのですか」

「誰《だれ》かに見つかるといけないので、仕方なく持っていました」

「見せてください」

「はい」

お里はすぐに持って来た。

『袖切神社の逆さ絵馬に番頭の名前を書いて呪《のろ》い殺したことを知っている。もし、このことを広められたくなければ三十両を払うように』と書かれていた。

お栄の受け取った文と同じだ。

「それと、もうひとつはこちらです」

と、お里は別の文を差し出した。

そこには、お栄の文と同じように祠《ほこら》の近くの黒い輪っかのついた木に三十両の入った巾着《きんちゃく》を括《くく》り付けて、すぐに立ち去るようにということが書かれていた。

「それで、あなたは三十両を置きに行ったのですか」

「はい」

「その金はどうやって？」

「……」

女は口をつぐんだ。

「お里さん」

辰五郎は呼びかけた。

「誰にも言わないでください」

「もちろんです」

「父の手文庫のお金を……」

お里は小さな声で言った。

「それはお父上にはばれていないんですか」

「空き巣に入られたと思っているようです」

お里は消え入るような声で言った。

「お父上は奉行所に届け出ていないんですか」

「自身番には届けたようですけど、それきりになっています」

「でも、あなたがその金を使ったとは思っていないんですね」

「ええ」

「それでも、気まずくてご実家に帰られないのですか」

「いえ、それだけじゃなくて……」

お里は口ごもった。

「何かあるのですか」

辰五郎はすかさずきいた。

「またなんです」

「また？」

「この間、こんなものが庭に投げ入れられていて」

お里はしわくちゃになった紙を懐から取り出した。

辰五郎は手に取って広げた。

文であった。

六月二十五日に、再び三十両を支払えということが書かれていた。二十五日というのは、お栄が金を置いていくように言われた日と同じで、もう明日だ。脅している男は同時に金を受け取ろうという魂胆だ。

「もうどうしたら良いのか……」

お里は両手で顔を覆って、声を震わせた。

「もしかして、また支払うつもりだったのですか」

辰五郎はきいた。

「はい。支払わなければ、ひどいことを言いふらすでしょう……」

「もう金を工面したのですか」

「いいえ、それが出来ないので気を病んでいるんです」

お里はいまにも倒れそうに、弱々しく座りながら押さえた手を顔から外した。腫《は》らした目で辰五郎を見た。

「どうにかならないものですか」

お里は体を支えるように、両手を膝《ひざ》の前についた。

「お里さんは無視してください」

「でも、そんなことをしたら」

お里は腫らした目で辰五郎を見て言葉を待っていた。

「実はもうひとり同じように脅されているひとがいるので、そっちから男を捕まえようと思います」

「うまくいくのでしょうか」

お里は沈んだ声で言った。

「ええ、逃しません」

辰五郎は目を見開いた。

「もしうまくいったとして、男が捕まったとしたら私が逆さ絵馬に書いて呪い殺したことが露《あら》わになってしまいませんか」

お里は顔を歪《ゆが》ませた。

「そこのところは任せてください」

辰五郎は安心させるように頷《うなず》いた。

本当に呪い殺せるはずがない。その脅している男が実は殺していて、金を強請《ゆす》っているだけに過ぎないはずだ。

脅されてまでも、自分が呪い殺したと思っているお里やお栄が不思議でならなかった。

お里は縋るような目で、

「お願いします」

と、頭を下げた。

辰五郎はもう一度安心させるようなことを言って、寮を後にした。

二

日が暮れなずんでいた。

辰五郎は大富町に帰る前に、大伝馬町の『濱野屋』にも寄ろうと足を向けた。

小梅村を出ると、大川を流れに沿って歩き、両国橋を渡った。横山町、通塩町《とおりしおちょう》を抜けると、通油町だった。

『一柳』の門は開いており、暖簾が掛けられていた。

辰五郎が門の外から中を覗いてみると、入り口から忠次が奥に去って行くのが見えた。辰五郎は裏に回り勝手口から中に入った。

すぐに女中が見えた。

「忠次はいま忙しいかい」

「見廻《みまわ》りから帰って来て、手下の人たちが集まって来るのを待っているんです」

「じゃあ、上がらせてもらうよ」

「すぐにすすぎを」

女中は流しから水を溜《た》めた盥《たらい》と手ぬぐいを持って来た。

辰五郎は足をすすいでから上がった。

一階の奥に進むと、居間の襖《ふすま》が開いていた。

「失礼するよ」

辰五郎は中に入った。

忠次は煙管《きせる》を手に持っていて、莨《たばこ》を詰めるところだった。

「これは親分」

忠次は詰めかけの煙管を脇《わき》に置いた。

辰五郎は対面に座った。

「これと言って用はないんだが、こっちの方に来ることがあってな」

「そうでしたか。辰吉がもうすぐ来ますよ」

忠次がそう言って間もなく、廊下を伝う足音が聞こえてきた。

辰五郎が襖の方を向くと、辰吉が入って来た。

「親父《おやじ》」

辰吉が声を上げた。

「元気か」

辰五郎が言った。

「何とか」

「いま何か追っているのか」

「掏摸《すり》の銀二って奴《やつ》を追っているんだ。それより、凜が親父も何かやっていると言っていたけど」

「凜が？」

また心配して、辰吉に言わないでもいいようなことを言ったのだろう。

「大したことじゃない」

「でも、凜が言うには危ない目にでも遭《あ》いそうなことを」

辰吉が表情を曇らせた。

「親分、何をされているんですか。私たちも手伝いますよ」

忠次が口を挟んだ。

「大川の相対死《あいたいじに》のことでこんなことがあってな……」

と、『濱野屋』のお栄から頼まれたこと、袖切神社の逆さ絵馬のこと、さらに『日向屋』のお里も同じように脅されていること、さらには明日、脅している男を捕まえようとしていることを話した。

「ちょっと、大事じゃないですか」

忠次が驚いた。

「何のこれくらい」

辰五郎は手を軽く顔の前で振った。

「親父、本当に大丈夫か」

「ああ、お前まで凜みたいなことを」

辰五郎は呆《あき》れたように笑いながら返した。

それから、少しだけ話をすると『一柳』を後にして、大伝馬町の『濱野屋』へ行った。

お栄はいつもの部屋にいた。

「明日のことですが、お栄さんは巾着に石ころでも入れて黒い輪っかの木に吊《つ》るして置いてください。あとは私が捕まえますから」

辰五郎は伝えた。

「わかりました。全《すべ》て仰るとおりにします」

お栄は黒い瞳で辰五郎をしっかり見て言った。

辰五郎はその用件だけ言うと、もう夜になっていたので邪魔にならないようにすぐに『濱野屋』から大富町へ帰った。

翌朝、雲の多い空であった。

雨でも降ってくれれば干上がった地面に潤いが与えられるのだが……。

辰五郎が家を出たのは昼四つ（午前十時）であった。

下谷の袖切神社へは一刻（二時間）も掛からなかった。

袖切神社は相変わらず人気がなかった。

辰五郎は境内《けいだい》には入らずに、神社の外を一回りした。裏手は木々が生えているので身を潜《ひそ》められそうだが、もしかしたら脅している男もこの繁《しげ》みの中に隠れているのかもしれないと思うと、他の場所を当たることにした。

ちょうど祠の裏あたりは繁みが少なく、すぐに通りに抜けられるようになっていた。

一軒だけ何の商売をしているのかわからない古びた日の当たらない二階家があり、そこを目指した。ここを使わせてもらおうと前から思っていた。一階と二階の間に看板を掛けられるような杭《くい》が刺さっていたが、何も掛けられていなかった。

辰五郎は戸に手を掛けた。

鍵《かぎ》が掛かっているわけではなかったが、固くなっていたので力を入れて開けた。

静かで真っ暗な家であった。

辰五郎は土間に足を踏み入れた。

空気がもわっとして、かび臭かった。

「すみません」

と、声をかけた。

中から物音はしない。

「どなたかいらっしゃいますか」

辰五郎は再び声をかけた。

しかし、誰もいる様子はない。空き家になっているのだろう。辰五郎は勝手に使うのもどうかと思ったが、履物を脱いで上がった。一階には部屋が三つほどあり、そのうちの一つには古い仏壇が置きっぱなしになっていた。畳も全て黄ばんでいた。

辰五郎は一階を見ると、二階へ上がった。

二階は廊下を挟んで二部屋あった。

左側の部屋に入った。

八畳間であった。格子から外を覗いてみると、祠の屋根が見下ろせた。すぐそばに黒い輪っかの木も見えた。ここなら見張ることが出来ると思い、腰を下ろした。

格子の前で堂々と見ているのも、怪しまれるかもしれないと思い、壁際にもたれながら覗き込むようにして外をちらちらと覗いた。

やがて、微《かす》かな足音が聞こえた。

そっと覗いてみると、お栄が鳥居をくぐってきた。巾着を両手で抱え込むようにして持ち、足早に祠まで来ると、黒い輪っかの木に吊るしてすぐに去って行った。

辰五郎は目を凝らした。

もし脅している男が身を潜めているとしたらもうすぐだろう。

稲荷の繁みから音がした。

烏《からす》が鳴き声をあげて飛んでいった。

葉を踏んで、きしむ音が聞こえる。

辰五郎が片膝《かたひざ》を立てて覗き込むと、繁みの中から黒い頭巾《ずきん》を被《かぶ》った背の高い男が警戒しながら黒い輪っかの木に近づいてくるのがわかった。

(あいつに違いない)

辰五郎は心のうちで叫んだ。

すぐに一階に下り、外へ出た。

ちょうど、男が巾着を木から取ろうとしていた。

辰五郎は駆け寄った。

男は振り向いた。
辰五郎に気が付いた男は慌てて巾着を木から取ると駆け出した。
もう少しで男を捕まえられるところだった。
「待て！」
辰五郎は追いかけた。
男はつまずいて体勢を崩した。
辰五郎は襟首を摑《つか》んだ。すぐに男は乱暴に振りほどこうとした。
男の手の甲が、辰五郎の腕に当たった。
手に衝撃を受けたが、辰五郎は男を摑んだまま放さなかった。
が、次の瞬間、男はくるりと身をひるがえした。
思わず辰五郎の手が離れた。
男は立ち上がって、身構えた。
ふたりは向かいあった。
男は懐から匕首《あいくち》を取り出し、
「えいっ」
と激しい気合いを入れて、辰五郎に向かって突進してきた。

辰五郎は躱《かわ》して、匕首を持っている手を摑もうとしたが相手の動きも素早かった。
すぐさま、男は匕首を振り上げてきた。
辰五郎はまた躱した。
肩を切っ先がかすめたが、辰五郎はうまくよけた。
辰五郎は相手の胸ぐらを右手で摑み、黒い輪っかの木に押し付けた。
ドンという鈍い音がした。
男は一瞬うめいた。
辰五郎は黒い頭巾を剝《は》ぎ取った。
突き出たおでこと細い目が見えた。
「お前は！」
辰五郎は声を上げた。
何度か袖切神社で見かけた男だ。
男は辰五郎の脇腹《わきばら》に向けて刃を突き出そうとした。
辰五郎は察して、男から離れた。
男は脇に匕首を構えて、そのまま向かってきた。
辰五郎は体を躱して、いきなり伸びてきた相手の右腕を摑んで、ねじ上げた。

男は匕首を落とした。

辰五郎が落ちた刃物を蹴《け》って遠ざけると、男は左手で辰五郎の体を突き放して、そのまま逃げだした。

「待て！」

辰五郎は追いかけた。

男は一目散に鳥居の方へ走った。

その時、男の行く手に人影が現れた。

辰吉だった。

男は一瞬立ち止まったが、辰吉に向かって行った。

辰吉は突進してきた男の腕を取って投げ飛ばした。

男はもんどりを打って地べたに倒れた。

辰吉は男に近寄り、腕をねじ伏せた。

「どうしてお前が」

辰五郎がきいた。

「たまたま通りかかったんだ。こいつが昨日言っていた男か」

「そうだ。辰吉、すまなかったな。助かったぜ」

「いや」

辰吉は照れくさそうにしている。

「とりあえず自身番に連れて行こう」

ふたりは近くの自身番に男を連れて行った。

雨がぽつりと降ってきた。


自身番の奥の部屋で、男が逃げないように手だけを縄で縛り、正座をさせた。

辰五郎と辰吉はふたりで男と向かい合っている。

男はここに来るまでの間、ずっと口を堅く結んでいた。

「大川の相対死も、天神川の溺死《できし》もお前の仕業だろう」

辰五郎は強い口調できいた。さっき襲ってきたことからも、こいつがお藤、新介と番頭を殺しているのは間違いないだろう。

「……」

男は黙っている。

「お前の名前は?」

「……」

「どこに住んでいるんだ」

「……」

相変わらず、何も言わない。

隣で辰吉はため息をつき、

「親父、こいつは口を割りそうにないぜ。ちょっと痛めつけようか」

と、指を鳴らした。

「いや、そんな乱暴なことをするな。繁蔵や太之助のように手荒な真似《まね》なんか絶対にしてはならねえ」

辰五郎は軽く叱《しか》りつけるように言った。

「わかった」

辰吉は恥じたように頷いた。

辰五郎は男の顔を覗き込み、

「お前が逆さ絵馬に書かれた名前の者を殺し、それから強請ったんだな」

「……」

男は黙りこくっている。

「新介を巻き添えにしたのは相対死に見せかけるためだろう」

辰五郎は問い詰めた。

「ちょっと、待ってくれ。新介も殺されたのか」

辰吉が口を挟んだ。

「そうだ」

「どうして新介がこいつに殺されなきゃならなかったんだ」

辰吉が呟《つぶや》いた。

「そのことも聞き出したいところだが、この男は口を割りそうもない。あとは忠次に任せよう」

辰五郎は男を横目で見ながら言った。

この男は三人も殺しているだけあって、ふてぶてしい顔をしている。

それにしても、新介まで殺すのはなぜだろうと思った。

何も相対死に見せかけなくても、番頭と同じようにお藤が川に落ちて死んだことにすればいいだけではないのだろうか。

そんなことを思いつつ、自身番を出た。

雨がさっきより降って来た。これは本降りになりそうだ。

「親父、雨に濡《ぬ》れて風邪《かぜ》を引くなよ」

辰吉が心配した。

辰五郎は辰吉と共に、男を自身番に預けたまま通油町の『一柳』へ向かった。

三

辰吉は、くしゃみをした。

『一柳』の居間にいる忠次と手下三人が一斉に振り向いた。

「大丈夫か」

忠次が声をかけた。

「すみません」

辰吉はもう一度くしゃみした。

「どうしたんだ」

「ちょっと、昨日の雨で」

「風邪を引いたのか。そういや、顔も赤いな」

「それより、昨日の男はどうなりましたか」

辰吉がきいた。

「これから大番屋で赤塚の旦那と一緒に取り調べる。昨日は口を割らなかったが、証《あかし》もあるしいつまでも黙っているわけにはいかないだろう」

忠次は答え、

「銀二の方はどうだ」

と、続けた。

「気になることがあるんです。なぜ品川で二度しか入っていない喜瀬川に身請けの話を持ち掛けたのか。それと、三年前に津田兵庫さまから掏《す》った五十両がどうも関係しているように思えてならないんです。それがわかれば銀二の動きも読めるはずです」

辰吉は気合いを入れ、

「これから津田兵庫さまのところに話をききに行かせてください」

と、言った。

「お前がお侍さまのところに行ったって相手にしてもらえないぞ」

「いや、何としてでもお会いします」

「風邪ひいているんだから、あまり無理するな」

「このくらい平気です」

辰吉は、風邪は気の緩みだと信じている。

「よし、自分の思い通りやれ。何かあれば俺が後から出て行くから」

忠次は言った。

辰吉は『一柳』を出て、芝愛宕下《あたごした》の津田兵庫の屋敷へ向かった。

津田兵庫の屋敷は愛宕下の金毘羅宮《こんぴらぐう》の傍《そば》にあった。すぐ近くには虎ノ門《とらもん》がある。門を出入りする武士の姿が多くあった。

武家屋敷としてはそれほど大きくはないが、八丁堀にある赤塚新左衛門の屋敷より一回りは大きかった。

門番はいない。

辰吉は門をくぐり、庭を通って玄関についた。

「失礼します」

辰吉は大声を出した。

すぐに少し先の部屋から四十過ぎの眼光の鋭い武士が出てきた。用人であろう。

「通油町の忠次親分の手下の辰吉と申します。津田さまにお伺いしたいことがございまして」

辰吉は言った。

「町方が何の御用かな」

「三年前の掏摸《すり》のことです」

辰吉はいきなり言った。

「掏摸だと？」

武士の目がさらに鋭くなった。

「はい。津田さまが掏摸にあったという噂《うわさ》を聞いたもので」

「町方が武士に対して無礼であろう」

武士は急に言葉を荒らげた。

「無礼を承知で来ました。教えてください」

「そんな話は知らない。帰れ」

武士は言い放った。

「決して、口外致しませんので、是非ともお話を聞かせてください」

辰吉は丁寧に頼んだ。

「殿には関係ない話だ」

武士は辰吉を睨《にら》みつけた。

「お願いでございます」

辰吉は頭を下げた。

「会っても無駄だ」

「どうしても津田さまにお目にかかることも出来ませんか」

「しつこいぞ」

武士は冷たく突き放した。

「こちらで待たせていただきます」

「だめだ、そんなことはならぬ！」

と、怒鳴りつけた。

言い争っているうちに庭から、中間《ちゆうげん》風の男が入って来た。

「どうかなさいましたか」

中間は武士にきいた。

「こいつを追い払え」

武士が言い付けて、奥に引き下がった。

辰吉はこれ以上粘ることが出来ないと感じた。

「失礼いたしました」

と、一礼をして玄関を出た。

門まで中間が付いて来た。

ひょっとしたら、五十両を探し回っていた中間というのはこの男ではないか。

「実は三年前の掏摸のことでお伺いに来たんです」

「掏摸のこと？」

「あなたが探し回っていたんじゃないですか」

「そのことならけりがついている」

と、空を見つめて怒りに満ちた目つきをした。

「やはり、掏摸はあったんですね」

「うむ」

中間は頷いた。

「あの掏摸は銀二という者なのですが、あの五十両を取ってから掏摸を止《や》めたらしいのです。しかし、最近になってまた始めているんです。三年前に何があったのか、それを突き止めれば、銀二を捕まえる糸口になると思いまして」

辰吉は説明した。

「ここだけの話だ」

中間は前置きして、

「三年前、殿がまだ支配勘定《しはいかんじょう》だったときに上役から預かっていた公金の五十両が掏摸にあったのだ。その時の殿の慌てぶりと言ったら、今までに見たことのないようなものだった。五十両もの金がなくなったとあれば、今のように勘定に出世することはなく、責任を取って役を外され、もしかしたら御家《おいえ》も取り潰《つぶ》しになっていたかもしれない」

「だから、そんなに否定されているのですね」

「そうだ」

中間は頷いた。

「俺は掏摸を見つけるように命じられて、方々をききまわった。しかし、その頃《ころ》出回っていた掏摸だろうというだけしかわからなかった。それで、仕方がないので殿はどうにか金を都合した。もちろん、それからの殿は何事もなかったように振舞われていたんだが、掏摸にあってから数日が経って、あの金を返したいという者が現れたんだ」

「え？　銀二が返しに来た？」

「いや、掏摸じゃない。何でも昔、殿に命を助けられたことがあるという若い者であった」

「その男が返しに来たっていうのは、どういうことなんでしょう」

「話を聞いてみると、どうやらその恩があって来た男の友達が殿の五十両を掏ったようだ。それを男が知って、掏摸に返すように言い聞かせて、五十両を持ってやって来たというんだ」

「その五十両はどうなったのですか」

辰吉は前のめりになってきいた。

「殿は受け取らなかったんだ」

「受け取らなかった？」

「用心して噂が立たないように、掏摸そのものがなかったことにしたかったのだろう。すでに五十両の金を都合つけた後だ。あくまでも知らぬふりをして、男に五十両を持って帰らせた」

「ちなみに、その男の名前は？」

「そこまでは覚えていないが、噺家《はなしか》で橘家圓馬の弟子だと言っていたな」

「圓馬師匠の弟子⁉」

辰吉は声を上げげた。

「もしや、新介とか志ん馬とか言っていませんでしたか」

「たしか、そんな名前だったような気もするな」

銀二と新介が繋《つな》がっている。

新介は五十両をどうしたのだろうか。まさか、あいつのことだから自分の懐に入れるということはあるまい。

銀二に返したのだろうか。そうすると、銀二が掏摸をやめて、四谷塩町に小間物屋を開いたという元金の説明がつく。

しかし、三年掏摸をしていなかったのに再び始めたというのは、商いがうまくいかなくなったからだろうか。いや、そんなことはない。店は畳んでいないし、京へ行くと言ってその間代わりの者に任せている。

ということは、品川が今回の一連の掏摸に関係しているのではないか。

銀二は喜瀬川を身請けしたいとまで言っていた。

辰吉は、はっとした。

「ちなみに、津田さまはどのように五十両を揃《そろ》えたのでしょうか」

「うむ、それは……」

中間は口ごもった。

辰吉は目を光らせた。

喜瀬川と津田兵庫は関係あるのだろうか。

「ひょっとして、津田さまに娘さんがいらっしゃいますか」

「なぜそのようなことをきくんだ」

「銀二は品川に行っているんです」

辰吉はそう言って、相手の反応を窺《うかが》った。

「品川へ？　何しにだ」

中間が問いただした。

「『大船』の喜瀬川という女が目当てだそうで」

「喜瀬川⁉」

「喜瀬川のことをご存知なのですか」

「いや」

中間は動揺している。

「喜瀬川は元々武士の家の出だと言っていました」

「……」

「もしや、津田さまの？」

ちょうど、屋敷の中に、十五、六くらいで身なりの良い侍が見えた。

「もう行かねばならぬ。では」

中間は去って行った。

あの侍は誰だろう。津田兵庫の子息だろうか。

辰吉はそう思いながら津田兵庫の屋敷を出た。

屋敷の前は武家の通りが多かった。

だが、背に籠《かご》を担いだ男が目についた。

「屑《くず》ぃ、お払い」

と、男は声を掛けながら歩いていた。

屑屋だ。

辰吉は屑屋に近づいた。

男は辰吉の顔を見て、

「何でしょう？」

と、不思議そうな顔をした。

「お前さんは、毎日ここを通っているのか」

「ええ、この辺りを商いさせていただいております」

屑屋の男は頭を軽く下げた。

「じゃあ、津田さまのことも知っているか」

「はい。こちらにもよく来させていただいております」

「津田さまのところにはお嬢さまはいなかったのか」

「いらっしゃいましたが、三年くらい前から姿は見えません。それに嫁いだ話も聞いていません」

「やはり、そうか！」

辰吉は声を上げた。

屑屋は辰吉を不思議そうに見ていた。

辰吉は頭の中で渦巻いていたものが、ようやくはっきりと見えてきた。

銀二が五十両を掏ったがために、津田兵庫は娘を売らざるを得ない羽目になった。その娘が喜瀬川だ。おそらく、新介と銀二は津田兵庫が娘を売ったということを知らなかったのだろう。

新介は津田兵庫に命を助けられた恩があり、銀二を説き伏せたのだ。それで、銀二の盗んだ五十両の金を返しに行った。だが、津田兵庫は五十両など知らないと言った。それで、その五十両を元手に銀二が商売を始めて、掏摸から足を洗った。

どこかで新介と銀二が喜瀬川を知り、助けようとしたのではないか。そのための金を銀二は盗んでいるのだ。

あくまでも辰吉の推測にしか過ぎないが、それが当たっているような気がした。

辰吉は『一柳』へ急いだ。


辰吉は本石町の方から大伝馬町一丁目に差し掛かった。

西日が眩《まぶ》しかった。

待合橋《まちあいばし》の方から延びる縦の通りと辰吉が歩いている横の通りが交差する辺りで、白い絣《かすり》の着物を着ているすらりとした男が目についた。

銀二だ。

辰吉は慌てて木の方に駆けた。

縦の通りには屋台が並んでいた。

銀二はぶらぶらしているように見えるが、その目の動きが鋭かった。屋台の甘酒屋で辺りを見渡し、顔をこっちに向けた。

しばらく経ってから顔を覗かせると、銀二は辰吉とは反対方向を見ていた。辰吉は銀二の目の先を追った。

通りの角に大きな料理茶屋が見える。

そこの客を狙《ねら》っているのだと、すぐに気づいた。両国広小路でするようないつものやり方である。

辰吉は銀二がいつ動くのだろうかと睨んでいた。亀吉の話や、今までの掏摸を被った者からして、阿漕《あこぎ》な商売をしている金持ちだろう。

しばらくして、大きな男の笑い声が通りの先から聞こえてきた。

銀二が構えるように姿勢を正した。

辰吉はその笑い声の主を見た。

『萬屋』の主人、萬蔵が圓馬の弟子などを引き連れていた。

銀二が動いた。

辰吉はあとを追った。

銀二は素早い動きで萬蔵に近づいた。

すれ違いざまに懐から財布を掠《かす》めた。

(やったな)

辰吉は心の中で叫んだ。

それから、銀二は何ともない顔をして大伝馬町二丁目を歩いて行った。萬蔵は全く気が付いていない。

（次の角で曲がるな）

辰吉はそう狙いをつけて、すぐの角を曲がり、先回りして銀二が曲がってくるかもしれない横丁に急いで入った。

それにしても、銀二は今までよりも巧みに財布を掏った。見ていて気持ちのいいほどであった。

百両あれば身請けできるというなら、もうそろそろ身請けの金は出来るはずだ。

自分が掏った金のせいで身を売る羽目になった喜瀬川を不憫《ふびん》に思い、自らの手で金を集めて救おうとしている。だが、そのために他人の金を奪うのは間違っている。辰吉は腸《はらわた》が煮えくり返るようであった。

微かに雪駄《せった》を踏む音が聞こえてきた。

辰吉は身構えた。

足が角から出てきた。白い絣の裾《すそ》である。

やがて、役者風の清々《すがすが》しい顔が見えた。

「銀二！」

辰吉が声を上げて突進した。

銀二が声を上げる間もなく、辰吉は押し倒した。

辰吉は銀二の懐から財布を抜き取った。

「これは逃れられぬ証だ」

辰吉は今まで散々逃がしてしまった怒りをぶつけるように怒鳴った。

「待ってくれ」

銀二が焦るように言った。

「なんだ、往生際が悪い」

「今回だけは逃がしてくれ」

「それは出来ん」

「頼む！　大事な用があるんだ。それが終わったら必ず名乗って出るから」

「そんな都合のいいこと信じられねえ」

「信じてくれ」

銀二の目が必死であった。

「この金で身請けするのか」

辰吉が言った。

「どうしてそれを」

銀二が言った。

辰吉も大事な用というのは身請けだとわかっていた。喜瀬川からしてみれば、身請けされる方が苦界から抜け出せて幸せに決まっている。

しかし、それとこれとは別である。

「俺のせいであの女は苦界に身を沈めたんだ。何とかして助けたいんだ」

「ならねえ！」

辰吉は言った。

「人助けだと思ってくれ。いや、俺じゃねえ。喜瀬川を助けるためなんだ。もう掏摸はしねえ。これで最後なんだ」

銀二は真顔で訴えた。

その時、圓馬の弟子が駆けつけ、

「掏摸は捕まえたか」

と、きいた。

辰吉の手元が一瞬緩んだ。

「すまねえ！」

その隙をついて、銀二が辰吉の手から財布を取って、駆け出した。

「待て！」

辰吉も追いかけようとしたが、すぐ足を止めた。

萬蔵が重い体で追いついて来た。

「なぜ追いかけねえんだ」

萬蔵が怒鳴った。

辰吉は萬蔵の言葉を聞き流して、銀二の背中を見送った。

掏摸ということは許せないけれど、それと比べて身請けする方が他人様《ひとさま》の役に立つのではないか。どうせ、『萬屋』だって、今まで掏られた者たちだって阿漕な商売をしている連中だ。

無事に喜瀬川が身請けされるように願った。それが済めば銀二は名乗り出る。辰吉は信じた。

後ろで萬蔵が騒いでいたが、辰吉の心は銀二と喜瀬川の方に向いていた。

四

翌日の夕方、大富町の『日野屋』に忠次が訪ねてきた。

「親分、男が口を割りました」

「まず、名前は平次郎《へいじろう》、住まいは下谷門前町《もんぜんちょう》で、強請《ゆすり》や脅しなどで暮らしていた奴みたいです」

「そうか」

「大川と天神川の件も認めたのか」

「ええ。以前から袖切神社に行き、逆さ絵馬を見ていたそうです。それで、『日向屋』のお里が名前を書いたのを見て、実際に殺せばお里は呪いで死んだと思うだろう。それで、強請れば金になると考えついたそうです」

「やはり、そうだったか」

「それで、番頭を殺したときに平次郎は誰かに姿を見られたそうです。それが新介で、さらに次に狙いを定めていた逆さ絵馬を納めたお藤という女に贔屓《ひいき》にされている噺家だということがわかり、ふたりを相対死に見せかけて殺したそうなんです」

「なるほど」

辰五郎は頷いた。

新介を殺す理由もあった訳か。

「でも、妙なんです」

「何がだ」

「大川の相対死のときに、屋根船に書き置きが残してあったそうですが、平次郎は書いていないと主張するんです。それで、赤塚さまが相対死を調べた同心の山村建之丞さまから書き置きを借りて突き付けたそうなんですが、平次郎は知らぬというばかりで」

「どういうことだ」

辰五郎は首を傾《かし》げた。

まさか、殺されるとわかっていてお藤や新介が書き置きを残すわけがない。

「一体、誰が書いたんだ」

「それがわからないんです」

忠次は釈然としない顔をした。

「平次郎が嘘《うそ》をついているってことはありえねえか」

「他のことは全て認めているんです。わざわざ、書き置きだけ認めないっていうのも考えられないですよ」

「うーむ、それもそうだ」

辰五郎は手元の煙管を摑んだ。莨をつめてから、火をつけた。

ため息混じりに煙を吐いた。

「でも、誰かが書いたに違いねえ。その書き置きはいま赤塚さまが持っているんだな」

「そうです。赤塚さまが持っています」

「ちょっと、赤塚さまのところへ行ってみよう」

辰五郎は立ち上がった。

「じゃあ、私も」

「お前は忙しいだろう」

「いえ、掏摸の銀二のことは大体わかりましたし、辰吉がもうすぐ捕まえられると言っているので、安心して任せているんです」

「本当にあいつに任せて平気か」

「ええ、もちろん。あいつも頼もしくなりましたぜ」

辰五郎はそう聞くと、自然と顔がほころんだ。

「よし、八丁堀へ行こう」

辰五郎と忠次は腰を上げた。

夕七つ（午後四時）過ぎであった。雲の隙間から沈みかけた太陽が覗いていた。

八丁堀には勤めから帰ってくる武士が多く歩いていた。

赤塚新左衛門の屋敷を訪ねると、中間が庭にいた。

「赤塚さまはいらっしゃいますか」

辰五郎がきいた。

「さっき帰って来られたところだ」

中間が答えた。

辰五郎と忠次は玄関を入り、

「旦那、辰五郎でございます」

と、声をかけた。

すぐに赤塚が出てきた。

「あの書き置きのことだな」

「はい」

辰五郎は頷いた。

「これだ」

赤塚は懐から取り出した。

角ばった文字で書かれていた。

「おや」

辰五郎は考えた。

「この字を知っているのか」

「どこかで見たような気がします」

辰五郎はどこで見たのだろうかと考えだした。普段見慣れている文字ではない。おそらく一度目にしただけだが、独特な筆跡なので覚えている。

それもここひと月くらいで見た気がする。

「あっ、もしかして」

辰五郎は逆さ絵馬に書かれていた自分の名前が脳裏に浮かんだ。あの文字もこんな形だったような気がする。

「旦那、この書き置きをお借りしてよろしいですか」

「構わない」

「用が終わったらすぐ返します」

辰五郎はそう言うと、屋敷を出た。

忠次も付いてきた。

下谷に向かって歩いた。

「親分、わかったんですか」

「もしかしたら、逆さ絵馬に書かれた俺の名前の文字と一緒だと思うんだ」

「え？　親分の名が逆さ絵馬に？」

「ああ。それも大川の相対死から数日後に行ったときに一番上に置いてあった絵馬だ。最近書かれたに違いない」

「親分に恨みを持つものっていえば……」

「何人もいるだろう。でも、昔の話じゃなさそうだ。『濱野屋』の旦那からお内儀の様子がおかしいからどうしたものかと頼まれて、大川の相対死について独自に調べていたんだ。ちょうど、その時に本所一つ目の太之助のところに話をききに行ったんだ。そしたら、例のごとく嫌な顔をしていたよ。俺が難癖をつけると思ったのかもしれない」

「では、太之助が？」

「どうだろう」

辰五郎は空を見ながら答えた。

太之助は手間暇かけるのが面倒で、早く始末するために書き置きを作ったのだろう。以前から敵意を持たれていたが、あの時の様子は確かにおかしかった。

書き置きを偽って作ったことがばれてしまうと思ったからではないだろうか。そして、逆さ絵馬を信じているかどうかは別として、憎い自分の名前を書いた。

「そうかもしれねえ」

辰五郎は独り言のように呟いた。

そうこうしているうちに、ふたりは下谷の寺々を抜けて、木々に囲まれて奥まったところにある袖切神社に着いた。

もう辺りは薄暗くなっていた。常夜灯の灯《あか》りが寂しく点《とも》っていた。袖切神社がいつにもまして不気味であった。

古びて黒ずんだ鳥居をくぐり、社殿の横を通って祠に行った。途中で、この間隠れていた空き家が見えた。

祠には絵馬が山のように吊るされていた。

この間来た時よりも幾らか増えたような気がする。

「忠次、手分けして探そう」

「へい」

ふたりは提灯《ちょうちん》の明かりで、辰五郎という名が書かれた絵馬を探し始めた。

それにしても、世の中にこれだけいなくなってしまえばよいと思われている人がいることに驚きを隠せない。

「親分、ありました」

忠次が逆さ絵馬をはぎ取った。

「どれ」

辰五郎が忠次の手元を覗き込んだ。

懐から書き置きを取り出して、ふたつを見比べた。

「やはり、同じだ」

辰五郎は確信した。

「この字に違いありませんね」

忠次も同じ意見だ。

「これから、本所一つ目に行こうと思う」

「どうする気ですか」

「問い詰める」

「太之助は認めないと思いますよ。それより、赤塚さまに任せておいた方がいいんじゃありませんか」

忠次が勧めた。

「いや、あいつに直接問い詰めたいんだ」

辰五郎は意気込んだ。

これを機に、不正を太之助に突き付けて懲《こ》らしめたかった。

「わかりました。親分がそこまで言うなら」

忠次は黙ってついてきた。


辰五郎と忠次は両国橋を渡ると混んでいるだろうからと、浅草の方に下り、吾妻橋を渡ってから大川を下流に向かって歩いた。右手には大川、左手には武家屋敷の風景が続く。途中、幕府の資材置き場である御竹蔵《おたけぐら》の前を通り、本所に入って回向院を過ぎると、すぐに太之助の住んでいる相生町であった。

太之助が女房に任せている小料理屋『たの屋』の灯りが点っていた。

ふたりは暖簾をくぐった。

店には客が五、六組いた。

「いらっしゃい」

やる気のない女房の声が聞こえてきた。

三十過ぎのすきっ歯の女房はふたりの顔を見て、

「なんだい」

と、不機嫌そうに言った。

「太之助はいるかい」

「何の用だい」

「大事な話だ」

「ちょっと待ってな。確かめてくる」

女房が二階へ上がって行った。

客は皆それぞれ酒を呑んで騒いでおり、辰五郎と忠次に目を向ける者もいなかった。

辰五郎は階段の方に体を寄せて、耳を澄ませた。

女房だけが現れ、

「裏口で待っていてくれだって」

と、無愛想に言われた。

辰五郎と忠次は裏に回った。

「本当に出てきますかね」

忠次は不安そうに言った。

「出てこなかったら、乗り込むまでさ」

辰五郎が言った。

すぐに、不機嫌そうな顔をした太之助が出てきた。

「何だ、ふたり揃って」

太之助の声が尖《とが》っていた。

「大川の相対死のことだ」

辰五郎が詰め寄った。

「相対死のこと？」

「今日、真の下手人が白状した。あれは相対死じゃなく殺しだ」

「えっ」

太之助は啞然《あぜん》としていた。

「あの書き置きはお前が書いたんだな」

「……」

案の定、返事はない。

「袖切神社の逆さ絵馬に俺の名前があったんだ。それもお前だな。書き置きと同じ文字の癖だった」

「……」

「お前は俺が相対死を疑っていると思っていたんだろう。とにかく、このことは赤塚の旦那からお前の旦那に告げてもらう。覚悟をしておけ。それと、二度とこのような下劣な真似をするんじゃねえぞ」

辰五郎はそう言い放ち、

「忠次、行くぞ」

と、『たの屋』を後にした。

下手したら太之助は牢《ろう》に入れられるだろう。岡っ引きが牢に入れられると、今まで散々捕まえていた分、いじめが酷《ひど》いと聞く。それより、手札を取り上げられるかもわからない。しかし、それくらい太之助にはあっていいのかもしれない。

辰五郎は江戸市井のために、太之助のような悪徳な岡っ引きは罰せられるべきだと思った。

五

辰吉は愛宕下の津田兵庫の屋敷を再び訪れていた。ここにやって来たのは、勤めがいつ終わるかわからないからで、夕七つから待っていた。いまはもう暮れ六つ（午後六時）ちかくになっていた。

津田兵庫は帰ってこないようであった。

辰吉は帰ってくるまで待っているつもりだったが、用人らしい四十過ぎの目つきの鋭い武士に「帰れ」と何度も脅されていた。

辰吉は門の前で待っていた。

今日はどうしても津田兵庫に会って話をしたかった。

昨日、銀二がこれで最後だということを言っていた。もう身請け金の百両の金が揃ったのだろう。そのことを津田兵庫に言わなければならない。

辰吉は諦《あきら》めずに、玄関先で待っていた。

途中でこの間色々と話をしてくれた中間も辰吉に気が付いて、

「もう帰った方がいい」

と、何度も忠告してくれたが、辰吉は従わなかった。

家来たちは迷惑だと思っているだろうが、もう怒る気もしないようだ。

辰吉は津田兵庫に会わせてもらうまで一歩も動かないつもりであった。一日でも二日でも待つ心の準備は出来ていた。

やがて、五十代前半のくっきりとした眉で切れ長の目の裃《かみしも》を付けた男が、何人かの供を連れて帰って来た。

津田兵庫に違いない。

辰吉は津田の前で頭を下げて、近づいてくるのを待った。

「そこにいるのは何奴《なにやつ》だ」

津田は辰吉に声をかけた。

「通油町の忠次親分の手下で辰吉と申します。三年前の掏摸のことでお話があります」

「何のことだ」

津田は突き放すように言い放った。

「三年前、津田さまから五十両を盗んだ掏摸が品川の喜瀬川という飯盛り女を身請けするつもりです」

辰吉は興奮気味に言った。

津田の眉毛《まゆげ》が僅《わず》かに上がった。

辰吉は見逃さなかった。

やはり、津田は喜瀬川のことを知っている。

「いったい、何のことだ」

津田は惚《とほ》けた。

「もうわかっているんです。喜瀬川さんは津田さまの」

と、辰吉が言った瞬間、

「ついて参れ」

津田が恐《こわ》い顔をして、言葉を遮った。

そして、何も言わずに玄関に入って行った。

辰吉は後に続いた。

「殿、おかえりなさいませ」

先ほどの四十過ぎの目つきの鋭い武士が出迎えた。その武士は辰吉が津田の後ろにいるのを見ると、不快そうに顔を歪めて津田を見た。

津田は目顔で何か言った後、辰吉を振り返った。

「こっちだ」

津田は履物を脱いで、上がって行った。

辰吉も履物を懐に閉まって津田に付いて行った。

「貴様、殿に何を言うつもりか」

侍が辰吉に近づき耳元で脅した。

「……」

辰吉は無視した。侍は辰吉の後ろを付いてきた。

やがて、津田が奥の庭に面した部屋の前で止まった。

侍が襖を開け、津田を通した。

続いて、辰吉が入った。

その武士も入ろうとしたが、

「下がっておれ」

津田は人払いをした。

「はっ」

侍は心配そうな顔を残して、立ち去っていった。

辰吉は津田から座るように命じられて、その場に腰を下ろした。

ふたりが向かい合った。

「喜瀬川が何とかと言っていたな」

津田が神妙な面持ちできいた。

「喜瀬川というのは、こちらの娘さんじゃございませんか」

辰吉はきいた。

津田は頷きもせず、また否定もしなかった。

「津田さまはお嬢さまを売って五十両を都合したのではございませんか」

「……」

「答えてください！」

辰吉が声を上げた。

それでも、津田は辰吉をじっと見つめるばかりで、何も答えなかった。

「なぜ、お嬢さまを助けようとしないのですか。あっしは品川に行ってちゃんと調べたんです。喜瀬川さんが津田さまのお嬢さまだということを知って、銀二は身請けをするために掏摸を働いているんですよ。それでも、何とも思わないんですか」

「……」

「殿さまはそれでも何とも思わないんですか。たしかに、五十両を盗んだ銀二が一番いけないかもしれませんが、自分の過失を隠すために娘を売ることが正しかったんですか！」

辰吉は前のめりになった。

津田は苦しそうな顔をしている。

「津田さまは飯盛り女というのがどんなことをするのかわかっていないのですか。男に体を売るんですよ。今まで何不自由なく育てたお嬢さまをそんな目に遭わせてまでも五十両掏られたことを隠し通したかったんですか！　そんなに武士の面目が大事ですか。それとも、出世したかったんですか」

辰吉が続けた。

「殿さまはそれでも娘を持つ父親ですか！　自分の過ちを娘に被せようとしているだけに過ぎねえ」

津田の表情が厳しくなった。

「お嬢さまの気持ちを考えてみやがれ。殿さまはそれでも武士か！」

辰吉は叫んだ。

津田は口を閉じたままだ。

「いくら津田さまが偉い方だろうが、そんなの畜生にも劣らあ。この人でなし！」

辰吉は勢い余って立ち上がった。

そして、辰吉は津田の返事を待った。

しかし、津田は口を少し開いたが、すぐに閉じた。

「娘を売った金で暮らして楽しいか！　もうそんな人でなしと話すつもりはねえ。勝手にしやがれ」

辰吉は怒りをぶちまけ、大きな足音を立てて部屋を出た。

廊下を玄関の方に戻る途中、四十過ぎの目つきの鋭い侍に会った。

「怒鳴り声が聞こえたが、殿に何を言ったんだ」

と、武士は気色ばんで言った。

「殿さまにきいてみやがれ」

辰吉は怒りが収まりきらずに、荒い口調になった。

「何ということを言うんだ！」

武士は言い返したが、辰吉は無視して屋敷を出た。

辰吉は怒りの収まらないまま、通油町の牢獄長屋へ戻って行った。


翌日の朝。

辰吉が飯を食い終えたとき、腰高障子《こしだかしょうじ》が開いた。

忠次の手下の安太郎だった。

「兄貴、どうしたんです」

「鉄砲町の自身番に銀二が現れた」

「え？」

辰吉は目を丸くした。

「銀二はお前に会いたがっている」

「あっしに……」

喜瀬川のことだろう。

辰吉と安太郎は早足で鉄砲町の自身番へ行った。

自身番に入ると、奥の部屋に忠次と銀二がいた。

忠次は怒るわけでもなく、淡々とした口調で銀二に問いかけていた。

「親分」

辰吉が声をかけた。

忠次は辰吉に顔を向けると立ち上がり、

「お前と差しで話がしたいみたいだ」

と、告げた。

辰吉は銀二を見て、軽く頷いた。

忠次と安太郎は襖を閉めて、ふたりだけにしてくれた。

「よく名乗り出てくれたな」

辰吉は声をかけた。

「今まですまなかった」

銀二は疲れ果てたような顔をして頭を下げた。

「それより、身請けはどうなった」

辰吉はきいた。

「断られた」

「なに？」

辰吉は耳を疑った。

苦界から抜け出せるという良い話なのに、なぜ喜瀬川は断ったのだろうか。

「断る理由はなんだ」

「教えてくれないんだ」

「わからねえ」

辰吉は呟いた。

「よし、これから『大船』へ行ってみよう。銀二、お前も付いて来い」

「でも、俺は……」

「親分には説明しておく。さあ」

辰吉は銀二を促して、部屋を出た。

「親分、これから品川へ行ってきます」

「品川へ？」

「喜瀬川が身請けの話を断ったそうなんです。どうしても訳がわからないんで、あっしが話をつけて来たいと思います」

「お前がそこまでする必要はないだろう。まず、銀二を調べようじゃねえか。どうせ、現場を押さえたわけじゃないんだ。すぐに解き放つことになるだろう」

「でも、行きたいんです。お願いです。行かせてください」

辰吉は目に力を込めて訴えた。

「まあ、いいだろう。早く戻って来いよ」

忠次はため息をついてから許した。

辰吉と銀二は自身番を飛び出した。


『大船』まで半刻（一時間）ほどで着いた。

「いらっしゃいまし。あ、辰吉さん、それに銀二さんまで」

番頭は驚いたように言った。店の前だと他の客に迷惑になるだろうと辰吉の方から目で合図して、上がらせてもらった。

通されたのは、この間と同じ内所の近くの六畳間であった。

「喜瀬川さんは、ちょうど泊りの客が帰ったばかりでございます。すぐにお呼び致します」

「お願いします」

辰吉は頼んだ。

「まさか、お二人揃ってくるとは思いませんでした」

番頭が言った。

「喜瀬川が身請け話を断ったというんで、急いできたんです」

「申し訳ございません。喜瀬川さんの心が決まっていないもので……」

番頭は困ったように眉根を寄せた。

「まさか、誰か好きな男がいるんじゃ？」

「いえ、それはありません。あの娘はそんなことはしません」

「じゃあ、どうして？」

「ただ、何となくとしか話してくれないんです」

「何かあるはずです」

辰吉は言った。

番頭は首を傾げ、

「とりあえず、喜瀬川さんを呼んできますんで」

と、廊下に出てすぐに、

「失礼致します」

柔らかい声と共に喜瀬川が入ってきた。

喜瀬川は辰吉と銀二が揃っていることに驚いたようだったが、平静を装っていた。

辰吉と銀二は喜瀬川に向かい合って座った。

「何迷っているんだ。苦界から抜け出せるといえば良い話じゃねえか」

「だって、銀二さんに身請けされるほど馴染《なじ》んでもいませんし、それに失礼ですけど、それほどお金を持っているようには思えません」

「銀二はこれでも四谷塩町で店を持っているんだ。金のことは心配いらない」

「でも、どうして私を身請けに？」

喜瀬川は銀二に目を向けた。

銀二は何と答えていいのか躊躇っていた。

「お前さん、津田兵庫さまのお嬢さまだろう」

辰吉が切り出した。

「え？」

喜瀬川は口を半開きにして、目を丸くしていた。

辰吉は喜瀬川の表情を窺い、何と答えるのか待った。

「どうして、そのことを」

喜瀬川の声が震えていた。

「津田さまのところにも行ったし、すべて知っている」

辰吉は誇張して言った。

「そうでしたか」

喜瀬川は諦めたように顔を少し俯けた。

「銀二は掏摸だ。それも、こいつが五十両を盗んだがために、お前さんが身を売る羽目になったんだ。だが、こいつは五十両を盗んだあとに足を洗ったんだ。友達からお前さんがここで働いていることを知らされたらしい」

辰吉は言った。

「友達って？」

喜瀬川が顔を上げた。

「新介だ」

銀二が答えた。

「もしかして、橘家圓馬師匠のお弟子さんの？」

「そうだ」

辰吉は頷いた。

喜瀬川が心当たりのあるような顔をして、

「あの方はたしか、二月ほど前にこちらに来ました」

「お前さんを訪ねに来たんだな」

「はい、そうです。その時に私もどういうわけか、きかれるままに身の上話をしてしまったのです。それで、父が掏摸にあったことがきっかけで私が品川に来たことを話してしまったんです」

「新介はもうお前さんがお嬢さまだっていうことに気付いていたんだな」

「そうみたいです。新介さんはどうやら父に命を助けられたようなことを言っていました。それで、そのお返しがしたいと思っていても出来ないことも話していました。もし、私が津田兵庫の娘であれば身請けでもしたいというようなことも話していました。でも、それきり一度も姿を現さないので、うわべだけだったのかと……」

「そうじゃねえ。あいつは殺されたからここに来られなくなったんだ」

「殺された？」

喜瀬川の声が大きくなった。

すぐに気が付いたようで、

「どうしてですか」

と、声をひそめた。

「お前さんとは全く関係ないことだ。たまたま殺しの犠牲になったってところだ」

「……」

喜瀬川は何か思い詰めているようだった。

「お前さんを身請けするってことは、銀二だけじゃなく、新介の願いでもあるんだろう。どうか、願いを聞いてやってくれ」

辰吉は頼んだ。

「でも……」

喜瀬川は煮え切らない。目を閉じて、深く息を吸った。

辰吉は喜瀬川が話すのを待ちきれずに、

「でも？」

と、きき返した。

「やはり、お断りします」

喜瀬川は心を決めたようにそう言うと、辰吉の目をじっと見つめた。

辰吉はまた怒りが瞬時に湧《わ》いてきた。

「やい、何だってこの父娘《おやこ》はこうも物がわからねえんだ。親も親なら、子も子だ」

「私が身を売ったのは、御家のためもありますが、弟に家督を継がせたかったんです。そのために、御家を守りたかったんです。家を守るために、お金が盗まれた事実も隠し通さなければならなかったんです。でも、父は決して自分の名誉のために私を売ったわけじゃないんです。弟のことを思えばこそだったんです。私も同じ思いでした。だから、私は自ら父の不手際をないことにしたんです」

喜瀬川の口調も厳しかった。

「お前さん自身はそれでいいのか。この先もこの暮らしをしていくつもりか」

「私は父や弟のためならば、我慢できます」

「ふざけるな！　新介や銀二がどんな思いをしているのかわかっているのか！　銀二はせっかく堅気になったのに、お前さんを助けようとしてまた掏摸に走ったんだぞ」

辰吉は啖呵《たんか》を切った。

「どうして、そこまでして身請けしたいのですか」

喜瀬川がきいた。

「あっしが盗んだ金のせいでまさか、お嬢さまがこんな目に遭うだなんて思いもしなかったからです。あっしは元々阿漕な者からしか金を盗まないんです。勘定方なんて、どうせ賄賂《わいろ》を貰《もら》っているのだろうと思って掏摸を働いてしまったんです。でも、後で評判を聞いてみると、津田さまは立派なお方だそうで、金を盗んだのも後悔するほどです。お嬢さまのためと、津田さまのためにも身請けしたいんです」

銀二が必死の想《おも》いを伝えていた。

「銀二の想いがわからねえのか！」

辰吉は声を荒らげた。

喜瀬川は俯いていた。

「どうなんだ」

「私のためにそこまで……」

喜瀬川は顔を上げて、言葉を詰まらせた。

「身請けを承知してくれるか」

辰吉が身を乗り出した。

「はい。ただし、私は津田兵庫の屋敷に帰るのではなく、銀二さんのところへ参ります」

「え？　銀二のところへ？」

「はい。銀二さんにならら身請けされます」

喜瀬川は銀二を見ながら、きっぱり言った。

銀二は驚いたような顔をしている。

喜瀬川の頬《ほお》に赤みが差した。

「銀二、お前はどうなんだ」

辰吉がきいた。

「あっしなんかじゃ、お嬢さまが勿体《もったい》ないです」

「今度はお前が断るのか」

辰吉が冗談めかして言った。

「お嬢さま、私でよろしいんですか」

銀二が喜瀬川にきいた。

「私こそ。でも、盗んだお金はこれからふたりで働いてお返しして行きましょう。辰吉さん、そういうことで銀二さんにお咎《とが》めがないように出来ますか」

喜瀬川が辰吉に顔を向けた。

「銀二のことは心配するな。俺はちょっと先を急ぐから後はふたりでゆっくり話してくれ」

辰吉はそう言って、内所の近くの部屋を出た。

数日が経った。

辰吉はこれから四谷塩町の小間物屋へ様子を窺いに行こうと思っていた。その前に忠次に一言だけ伝えておこうと思った。

杵屋小鈴の家からは三味線《しゃみせん》の音が聞こえていた。

『一柳』の勝手口から入り、居間に行った。

まだ見廻《みまわ》りに行く前で、忠次は莨を吹かしていたが、どこか冴《さ》えない顔をしている。

「親分、どうしたんですか」

辰吉がきいた。

「太之助のことで、赤塚さまから報《しら》せがあったんだが」

「何と？」

「何のお咎めもないということだ」

「どういうことです？」

「詳しくはわからないが、どうやら赤塚さまが太之助には非がないと認めたようだ」

「太之助親分に非がないですって？」

「繁蔵親分が動いたに違いねえ」

「……」

辰吉は虫唾《むしず》の走る思いがした。

心の隅で繁蔵に対する怒りと恐怖、そして不信感が段々と大きくなってきた。

今後、何かで衝突することは避けられない。

辰吉はそう思ってやまなかった。

「後で辰五郎親分に伝えておかなきゃならねえな」

「ええ……」

「それより、お前は何の用だ」

「これから、四谷塩町に行くんです」

「銀二のところだな」

「ええ」

「昨日銀二と喜瀬川が訪ねてきたよ」

「そうなんですか？　どうしてあっしに報せてくれなかったんですか」

「使いを遣《や》ったんだが、お前が出払っていたんだ」

「あ、あっしは津田兵庫さまにこの話をしに行っていたんです。で、なんか言っていましたか」

「何でも、これから夫婦で力を合わせて金を返して行くつもりだということを伝えてきたよ」

「ええ、そう言っていました。喜瀬川っていうのはよくできた女ですね」

辰吉は感心するように言った。

「ああ。さすが、武士の娘だ」

それから辰吉は『一柳』を出て、大富町の『日野屋』へ行った。

「おや、辰吉さん」

店に出ていた番頭が声をかけてきた。

「親父はいるかい」

「いまちょうど帰って来たところです」

辰吉は廊下を進み、居間に行った。

凛がいた。

「あら、兄さん」

「親父は？」

「仏間よ」

「そうか」

辰吉が居間を出ようとしたとき、

「そういえば、お父つあんが兄さんのことを褒めていたわよ」

凜が言った。

「なんて？」

「今回の件に関しては兄さんが随分活躍したって」

「本当か？」

辰吉はきき返した。

「袖切神社では助けてもらったとも言っていたわよ」

「俺の方が親父に助けてもらったんだ」

品川の髪結い亀吉や、『大船』の番頭のことを思い出した。

「それに、辰吉なら俺を越すだろうだって」

凜は嬉しそうに言った。

「いや、親父の十手は俺にはまだ重すぎる……」

辰吉はひしひしと感じていた。

「とにかく親父に会ってくる」

辰吉は居間を出て、仏間へ行った。

辰五郎は西瓜《すいか》を仏壇に供えていた。

「親父」

と、声をかけた。

辰五郎は振り返った。穏やかな表情をしていた。

「どうしたんだ、その西瓜」

「用事の帰りに買ってきたんだ。あいつは夏になるとよく西瓜を角切りにして出してくれたなと思って」

辰吉の脳裏に母の姿が浮かんだ。

「何か用か？」

辰五郎がきいた。

「太之助親分は何もお咎めなしだって」

「なに？」

「訳はわからないが、どうやら繁蔵親分が絡んでいるらしいんだ」

「繁蔵が……」

辰五郎の顔つきが変わった。

「やっぱり、赤塚の旦那は繁蔵親分に弱みを握られているんだ。でも、それはなんだろう」

「わからねえ。赤塚の旦那のお父上もまた繁蔵に弱かった」

辰五郎は苦い顔をした。

「本当に何があるんだろう」

今回のことでも、辰吉は繁蔵の嫌がらせを受けた。悔しくてならない。いつか暴いてやろうと思った。

「親父、行かなきゃならねえところがあるから、今度またゆっくり来るよ」

そう言い、仏間を出ようとした。

「辰吉」

辰五郎が呼びかけた。

「なんだい」

「いや……」

辰五郎は口ごもった。

辰吉は多分父は励ましてくれたのだろうと思って、『日野屋』を後にした。

途中で、鉄砲町のおりくが住む裏長屋へ寄った。

腰高障子を叩《たた》くと、すぐにおりくが出てきた。

「辰吉さん」

「銀二のことですが」

辰吉はいきなり切り出した。

「昨日、銀二さんがここに来ました。それで、全て訳を話してくれました。まさか銀二さんが掏摸だったなんて。でも、娘さんを助けるためだったらしいですね。それに、銀二さんはあの時私しか付き合っていなかったようです。他に女がいると言っていたのは、私の思い違いでした。住まいが四谷にあるというのも本当のことでしたし、だから今は許せます」

おりくはどこか清々しい顔をしていた。

「銀二に未練はないのか」

「ええ、全くないと言えば嘘になりますけど……。でも、大丈夫です。辰吉さん、銀二さんを捕まえないでくれてありがとうございます」

おりくは礼を言った。

辰吉はそれを聞くと、とりあえず安心して鉄砲町の裏長屋を出て、四谷塩町へ向かった。

塩町に着いたのは昼四つくらいであった。

小さな小間物屋が見えてきた。

店の中から、袋をぶら下げた若い娘が出てきた。

続いて、銀二と喜瀬川も外に出てきて、

「ありがとうございました」

と、大きな声で頭を下げて見送っていた。

辰吉はふたりの姿を微笑《ほほえ》ましく見つめると、踵《きびす》を返した。

ふと、家の陰に津田兵庫の姿が見えた。

辰吉はまだ店の前にいた銀二と喜瀬川に近寄り、

「あちらに」

と、声をかけた。

喜瀬川はそっちに目を向けて、

「あっ」

と、短く叫んだ。

津田兵庫も気づいたようだ。
喜瀬川が津田に駆け寄って行く姿を見ながら、辰吉はその場から立ち去った。

時代小説文庫
こ 6-34

親父《おやじ》の十手《じって》が重《おも》すぎて

親子《おやこ》十手《じって》捕物帳《とりものちょう》❷

著者　小杉健治《こすぎけんじ》

2019年7月18日第一刷発行

発行者　角川春樹

発行所　株式会社 角川春樹事務所
〒102-0074 東京都千代田区九段南2-1-30 イタリア文化会館

電話　03(3263)5247[編集]　03(3263)5881[営業]

印刷・製本　中央精版印刷株式会社

フォーマット・デザイン&
シンボルマーク　芦澤泰偉

ISBN978-4-7584-4273-2 C0193

http://www.kadokawaharuki.co.jp/[営業]
fanmail@kadokawaharuki.co.jp[編集]　ご意見・ご感想をお寄せください。